AS MENINAS DO LARANJAL

GABRIELA CABEZÓN CÁMARA

As meninas do laranjal

Tradução
Silvia Massimini Felix

COMPANHIA DAS LETRAS

Copyright © 2023 by Gabriela Cabezón Cámara

Grafia atualizada segundo o Acordo Ortográfico da Língua Portuguesa de 1990, que entrou em vigor no Brasil em 2009.

Título original
Las niñas del naranjel

Capa
Alceu Chiesorin Nunes

Imagem de capa
Sem título, de Lorenzato, 1991. Óleo sobre Eucatex, 55 × 45 cm.
Reprodução de João Liberato

Preparação
Márcia Copola

Revisão
Bonie Santos
Ana Alvares

Dados Internacionais de Catalogação na Publicação (CIP)
(Câmara Brasileira do Livro, SP, Brasil)

Cámara, Gabriela Cabezón
    As meninas do laranjal / Gabriela Cabezón Cámara ; tradução Silvia Massimini Felix. — 1ª ed. — São Paulo : Companhia das Letras, 2025.

    Título original: Las niñas del naranjel.
    ISBN 978-85-359-4034-3

    1. Ficção argentina I. Título.

25-259853   CDD-Ar863

Índice para catálogo sistemático:
1. Ficção : Literatura argentina Ar863

Aline Graziele Benitez – Bibliotecária – CRB-1/3129

Todos os direitos desta edição reservados à
EDITORA SCHWARCZ S.A.
Rua Bandeira Paulista, 702, cj. 32
04532-002 — São Paulo — SP
Telefone: (11) 3707-3500
www.companhiadasletras.com.br
www.blogdacompanhia.com.br
facebook.com/companhiadasletras
instagram.com/companhiadasletras
x.com/cialetras

Para Abril Schaerer
Para María Moreno
Para a manada do amor

1.

Tia querida:

Sou inocente e tão à imagem e semelhança de Deus quanto qualquer um, como todos, não obstante ter sido grumete, vendeiro e soldado, mas antes — antes — uma menininha no teu regaço. "Filha", "filhinha", tu me chamavas, e nem mesmo hoje, creio, nem mesmo com meus ombros militares, com meu bigodinho, com minhas calosas mãos armadas de espada, me chamarias de modo outro. Tia, eu te diria se pudesse, ainda estás viva? Assim acredito e acredito que estás me esperando para que eu herde o que é teu, o que foi nosso, esse convento de San Sebastián el Antiguo construído a mando do teu avô, o pai do pai do meu pai, o marquês dom Sebastián Erauso y Pérez Errázuriz de Donostia. Dá o convento a outra pessoa e, te rogo, continua me lendo.

Hás de saber que aprendi a contar histórias e levo coisas daqui para lá, sou arreeiro; te surpreendo, não é verdade? E canto e, se for mister, caço no caminho e chego, entrego minha carga que não é minha, é sempre de outro a carga do arreeiro, e cobro meus *reais e volto a fazer o que prefiro: contemplo as árvores e as lianas, galhos flexíveis e longas raízes do ar, se tornam redes à maneira dos pescadores ou não, não, antes a rede das aranhas, de uma multidão de aranhas que se pusessem a tecer umas acima e abaixo e dentro das outras, ai, verdes e imensas e trêmulas, tão trêmulas quanto tudo que vive, minha adorada, como tu e eu são as plantas, e também seus lagartos e a selva inteira que, devo dizer-te até que entendas, é um animal feito de muitos. Para atravessá-la não é possível andar à maneira das pessoas; não há caminhos nem linhas retas, a selva faz de ti sua argila, ela te forma com a forma de si mesma e então tu voas inseto, depois saltas macaco, em seguida rastejas cobra. Estás vendo que não é tão raro que eu, que fui tua menina amada, seja hoje, se quiseres, teu primogênito americano: não mais a prioresa com que sonhaste nem o nobre fruto da nobre semente da nossa estirpe, tua menina é um arreeiro respeitado, um homem de paz. E, na selva, um animalzinho de duas, três ou quatro patas junto aos outros, os que são meus e seu sou, um animalzinho enfim que sobe e que desce e trepa e rodeia e salta e se pendura nas lianas e se embriaga do perfume venenoso das trepadeiras vorazes e das diminutas flores de pétalas tão frágeis que mal resistem à mais leve brisa, que se dobram sob o peso das gotas, tudo está sempre gotejando aqui, e das borboletas que têm, gostarias tanto de vê-las, o tamanho do punho de um homem grande, maior do que minhas mãos são, maior do que minhas mãos de soldado, tia, será que sabes que me fizeram alferes e me deram medalhas? Mas isso não foi na floresta*

— Com quem está falando você, tchê, Yvypo Amboae?
— Antonio. Vim de terras distantes. Não estranhas. Estranhas são estas. E não estava falando, estava escrevendo, Mitākuña.

— Não, tchê. Estranho você. Todo o dia reñe'e, reñe'e, falando você, sozinho, tchê.
— Mba'érepa?
— O que você está falando, Michī?
— Por que, ela está perguntando, por que você fala sozinho, tchê.
— Estou escrevendo uma carta para minha tia. Olhe, esta é a pluma, esta é a tinta, e estas são as palavras. Vocês querem que eu leia?
— Estou te ouvindo faz horas. Mentiras você diz pra sua tia. Onde é sua tia?
— Longe, na Espanha. Fique quieta um pouquinho, Mitākuña, me deixe continuar escrevendo: isso não foi nesta floresta...

*... essa história vou te contar depois, tia. Agora me deixa continuar falando dos perfumes da floresta, que são fortes, álcool de soldados são, aguardentes de aldeias, e das outras flores, das enormes e carnosas e carnívoras, quase bestiais; aqui na selva os animais florescem e as plantas mordem e, creio, creio tê-las visto, te juro, caminham às vezes e saltam, as lianas saltam; tudo aqui borbulha, porque a floresta range, bem sabes, recordo de ti atenta à presença da raposa pelo farfalhar leve das folhinhas da tua floresta e à do urso pelo farfalhar pesado dos galhos e troncos, ela range, a floresta, mas a selva não, a selva borbulha cheia de olhos: a vida cresce nela como a lava cresce nos vulcões, e a lava seriam árvores e pássaros e cogumelos e macacos e quatis e cocos e cobras e samambaias e jacarés e tigres e ipês-roxos e peixes e víboras e palmitos e rios e folhas de palmeiras e todas as outras coisas que são mesclas dessas principais.
A selva é um vulcão, tia, um vulcão em erupção eterna e lenta,*

lentíssima, uma erupção que não mata, que faz nascer verde e pulsa verde borbulhando água aqui no solo da minha floresta que de minha não tem nada, antes eu sou seu, e de floresta menos ainda, nada de nada, tia: selva, selva feroz esta minha semelhante às distantes de que me contavas, sim, mas deverias vê-la, cheirá-la deverias e a tornarias tua e te tornarias dela como eu me tornei e, ah, se tocasses os caules e as pétalas e as folhas gigantes e as alimárias peludas e as cores, porque aqui se tocam as cores, que pálido teu arco-íris de Donostia, fantasmal na bruma fria, mas aqui não, aqui são de carne as cores porque tudo é de carne nesta selva onde moro em companhia dos meus animais e dos meus servos que são meus assim como eu fui tua e teu e da floresta nossa na nossa Donostia quando eu era moçoila, minha mais querida.

— Yvy mombyry, longe. Não vai te ouvir, tchê. O que é tia?
— Não vai me ouvir agora, vai me ler quando receber minha carta, Mitãkuña.
— Mba'érepa?
— Olha, Michĩ, esses desenhos são as palavras, elas vão viajar em um navio, em um cavalo, e vão chegar às suas mãos algum dia. Uma tia é a irmã do seu pai ou da sua mãe.
— Mba'érepa?
— E agora, o que você está perguntando?
— Por quê, te pergunta.
— Por que o quê?
— Por que sua tia é irmã do meu pai ou da minha mãe?
— Não, não, ela é irmã de um pai ou de uma mãe.
— Mba'érepa?
— Porque são irmãos. Vocês querem laranjas?
— O que são laranjas, hein, Yvypo Amboae?
— Umas frutas doces e ácidas, laranja como as asas daquela borboleta.

— Coquinhos são, tchê.
— Não, Mitãkuña. As laranjas são do tamanho do meu punho.
— Mba'érepa?
— Porque sim, Michĩ, porque é assim que elas são, como você é pequena e tem dois olhos. Vamos.
— Nahániri.
— Não, está te dizendo não, tchê.
— E por quê?
— Por que o quê?
— Por que não.
— Porque não quer.
— Olhe, os macaquinhos vão vir nas minhas costas, o cavalinho vai andar. Você quer ir no cavalo grande, Michĩ?
— Nahániri.
— Então você vai ter que ir nas minhas costas! Se mal tem forças para respirar e dizer duas palavras.
— Mba'érepa laranjas?
— Você aprendeu uma nova palavra, Michĩ! Porque eu prometi à Virgem. Vocês vão me perguntar quem e o que é uma Virgem. Tudo bem, tudo bem. Não vamos a lugar nenhum. Fiquem aqui, você cuide dela, Mitãkuña, que é a mais velha. A égua e o potrilho vão ficar e proteger as duas, não se preocupem. Eu vou com os macaquinhos e a cachorra para pegar as laranjas, e depois, enquanto comemos, vou contar tudo sobre a Senhora. A Virgem, quero dizer.

Marcham: os macacos agarrados às costas de Antonio com a pouca força que lhes resta. A cachorrinha Vermelha aos saltos, às vezes desabando, seu corpinho avermelhado tragado pelas matas verdes e brilhantes de samambaias, às vezes voando marrom sobre marrom pelas enormes raízes ou pelo tecido apertado das lianas. Os cavalos, travados a cada dois trancos pelo emaranhado. Antonio, lentamente, abrindo caminho com a espada, com medo de que perca o fio. A espada perde o fio.

Não encontram laranjais, há palmeiras e palmeiras, longas e flexíveis, e paus-santos muito altos e animais dos quais só ouve o barulho que a folhagem faz quando se separa ou se reúne por seus passos. Algum canto, algum grunhido. Voltam. A Vermelha com a língua de fora e Antonio com os macaquinhos nos braços: já não conseguem se sustentar em suas costas. Os mosquitos os picam e picam até que deixam de senti-los. No centro da capa que ele abriu no chão dormem as meninas. A égua e o potrilho as escoltam de pé, com a cabeça inclinada em direção a elas. Antonio põe os macaquinhos ao lado das meninas. Eles acordam um pouco, sentam-se e também olham para elas. Tão pequeninas, com as costelas salientes, os bracinhos que parecem feitos de paus de tão fracas que estão. As carinhas angulosas da fome. Os olhos enormes, de órbitas filosas, fantasmais. São dois esqueletinhos cobertos de pele que respiram com esforço. A mais velha chega até o meio da coxa de Antonio. A mais nova, até os joelhos. Uma estrela de estela amarela e enorme protege todos eles com uma luz laranja e azul. Antonio a toma como um bom agouro: talvez anuncie um renascimento. Estão precisando. Ele também. Está exausto. Seu corpo submetido ao ritmo dos outros. Não se lembra mais por que está cuidando delas. Têm sua graça, mas melhor estaria sem elas: poderia escrever sem interrupções. Ir embora sempre que lhe ocorresse. Comer quando tivesse fome. Dormir a noite toda. Assim que vir um índio, vai entregá-las. Por que deveria arriscar o pescoço por umas meninas e uns macacos e uns cavalos e uma cachorrinha? E uma espada, mas disso ele se olvida. Também de que seu pescoço já estava em risco antes. Quanto às indiazinhas, prometeu à sua Virgem do Laranjal. Não faz muito tempo, ela salvou sua vida por um sonho e por uma cantiga: por um fio de cabelo. Foi a Senhora. Talvez. Ele não tem tanta certeza de crer agora. Tampouco de não crer. E, muitíssimo menos, de não voltar a precisar de sua Virgem. Então é melhor continuar cumprindo com ela, pois já começou com o pé esquerdo. Faltou-lhe duas vezes. Em duas jornadas. Só tem que continuar dando de beber às meninas. E escrever para a tia. Não é tanto. Continuaria divagando se os mosquitos não tivessem se somado aos biriguis, que mordem em vez de picar. Melhor fazer um fogo. E um refúgio. Com a espada do capitão, corta as folhas de palmeira e depois as envolve entre as lianas e o tronco do pau-santo. É a árvore mais alta por aqui. Escolheu-a para que pudesse achá-la fácil. Além disso, está rodeada de palmeiras. Pode-se caminhar um pouco. E pode-se ver alguma coisa. A choça de palmeiras não fica ruim. O fogo ele vai fazer lá dentro. Vamos ver se deixam de picá-lo. Põe meninas e macacos perto do lume. A cachorrinha se junta a eles. Os cavalos ficam parados, comendo samambaias e abanando o rabo, curto demais para espantar mosquitos e biriguis. Nada é suficiente. Os dois ramos do pau-santo preenchem tudo com um perfume doce. É formoso. Ele imediatamente tosse: muita fumaça. É melhor procurar lenha seca. Antes, relê o que escreveu para a tia. Vê que é bom. Ele se levanta cantando.

— *Quer todas de uma vez...*

Não sabia que gostava tanto da selva, nem que guardava algum carinho pela tia. Nem que era arreeiro.

— *Ceguinho, ceguinho...*

Mas sente uma pedra na garganta: talvez haja alguma verdade no que escreve. Como a selva tem seu encanto, a prioresa tem suas boas lembranças, e ele está levando uma carga para entregar.

— *Se uma laranja me ofertar...*

Está contente. Há dois dias, por outro lado, estava ensimesmado, quase todo ele metido em uma dobra de si mesmo. Sentia pavor. De que a merda o cobrisse antes que a corda lhe cortasse a respiração. De que o enterrassem sujo e em farrapos. De ressuscitar, assim, de corpo e alma necessitados.

2.

Aos olhos do urubu, o quartel é um banquete. Na parte mais alta do barranco junto ao rio. Rodeado por umas construções dispostas em duas linhas retas e confrontadas. A capela castrense, a casa do bispo, a do capitão-general e as quadras dos soldados. Do outro lado, os depósitos de munições, as barracas onde amontoam os índios separados por sexo, o armazém, os calabouços. O atrativo, o que tem um aroma delicioso, é o meio, a enorme praça nua, de uns duzentos passos de lado, a única sem árvores em horas de voo. O quartel é uma clareira de terra rachando ao sol. Uma bandeja servida. A da fogueira e, especialmente, para o urubu não interessam as cinzas nem os ossos, o patíbulo. O homem — o rosto traçado de cicatrizes, os lábios finos, a cabeça quase colada ao tronco, as costas fortes mas um pouco carregadas, as mãos calosas e rechonchudas, as pernas curtas e o nariz aquilino — não conhecia o pássaro que sobrevoava o quartel do mesmo modo que ele caminharia até uma estalagem. Se pudesse. Da cela, o que se vê é a praça, a fogueira que ia se apagando naquela tarde de chuva. E o patíbulo como única saída. Antonio sofria. Um cavalheiro espanhol não pode morrer assim, como um mendigo miserável, sem uma espada de gala, sem um gibão de seda. Que destino teria qualquer um lá no além ao se apresentar com uma estampa dessas? Porque, além de ser, é preciso parecer. Assim na terra como no céu. E o que seria dele, que nem sequer servia para latrina de servo? Ele só sairia daquela masmorra para caminhar até a forca depois da confissão. Tudo lhe doía: os grilhões nos pulsos e tornozelos. Os réus que o acompanhavam. Um bando de camponeses brutos, rústicos asquerosos. Os fios de tecidos baratos que os cobriam. O tremor das orações mal proferidas. Os insultos que vociferavam. E o choro de mulherzinhas. A humilhação de morrer na mesma lista daquelas bestas. Os ruídos. Cada um deles: os peidos, os roncos, os soluços. E, mais longe, os gritos militares, a azáfama dos soldados. Remotos, os grasnidos dos pássaros. Os rugidos das jaguaretês. A estridência dos insetos. O ritmo dos sapos. O leve sulco no ar que o urubu fazia lá em cima. A jusante do rio. Estava quase tudo enfiado em uma dobra e estava sendo, por inteiro, uma ferida dilacerante. Ferido até pelo ar, até pela voz mais suave, auscultava a cada momento em busca de uma porta. Um silêncio o tirou de si e o lançou ao mundo. A esperança anestesiou sua dor: o que era aquele alarido mudo? Gelo ardente! E se encostou nas grades.

Então os viu. Os índios. Atados. Rodeados de sabres, arcabuzes e tochas. Temiam a fogueira. E o bispo que abençoava a carne podre que iam enfiar na boca deles. Carne das vacas que esses mesmos índios haviam matado uma semana antes. O prelado não aventou que outros índios poderiam tê-las matado: são todos iguais. Talvez tivessem sido os que estavam ali atados. Talvez não. Nada em sua efígie esquelética sugeria assados recentes. Mas o pavor era deles. Se abrissem a boca, morreriam de indigestão. Ou de asco. E, se não, seriam atirados na enorme pira que estavam voltando a acender. Por via das dúvidas. E porque ela estava apagando. Torrencial, a chuva. A fogueira também, sempre comendo árvores e gentes. É o fogo de Deus, dizem todos, e devem ter razão porque é a pena de hereges, índios e judeus. Há pouco encontraram um deles aqui. Estava em sua casa, rodeado de candelabros, cantando sabe-se lá o quê em sua língua endemoninhada de assassino de Cristo. Queimaram todos: ele, os dez filhos e a mulher. Foi um circo. A aldeia inteira foi vê-los arder. Os índios não. Há muitos deles. E os queimam todos os dias.

Eles se derretiam, os índios. Que espetáculo! Antonio esquecera a cela, o cadafalso, seus companheiros pestilentos, o medo de morrer qual vilão. O bispo e o capitão deliberavam gravemente em frente à fogueira. Não se punham de acordo até que se resignaram. Concluíram que não seria possível acender um por um, ou de dois em dois, ou três de cada vez, como indicado pelo procedimento e costume. Se eles com o calor simplesmente se fundiam. Estavam todos colados. Era preciso levantá-los pelos cantos e atear-lhes fogo por baixo. Era urgente:

— Estão nos escapando, monsenhor. Nunca se pode ter certeza de que os matamos todos. Deus me perdoe, sua ilustríssima, mas não posso deixar de ver que sempre sobra algo vivo neles, nós lhes damos sova atrás de sova, mas sempre um resto de índios volta a se levantar, caramba!

Cem soldados começaram a mover os troncos. Alguns deles incendiaram as mãos e, em vez de apagá-las, tições convencidos, jogaram-se na lagoa rosada, cerosa, de esqueletos brancos como árvores inertes em um salitral. Não faltava mais nada. Os espanhóis eram os que ardiam. Deram fogo ao fogo com seus corpos e impediram que a fogueira se apagasse com tanto movimento. Crepitavam. Queimavam muito melhor do que os índios. O capitão tomou nota mental da boa combustão de seus soldados;

podia ser o caso de que algum dia ficasse mais curto de madeira do que de homens.

— Valentes guerreiros de Cristo.

Comentou o bispo com o capitão e o ânimo deles melhorou. O prelado cantava-lhes extremas-unções, agitando a mão direita em direção à pira com seu sorriso de piranha, o pé esquerdo dando um grácil passinho e sua carne ondeando sob as roupas bordadas com pedras e ouro. Abalado pelos remoinhos de brisa quente que as chamas faziam, decidiu-se por uma extrema-unção geral:

— Ut a peccatis liberatum te salvet atque propitius allevet. Amém, amém, amém, amém para todos e cada um, filhos meus.

O capitão, baixo e forte e reto como uma estaca, atirava-lhes medalhas de prata com fitas vermelhas, amarelas e brancas, e uivava ascensões post-mortem:

— Vá com Deus, alferes Diéguez, que Deus o receba em sua glória, sargento Rivero, que pronta seja sua ressurreição, capitão Bermúdez. Meus queridos, meus valentes soldados.

Ele os embalava na morte com o peito em chamas. Estava emocionado o capitão-general. Lentamente se calou. Não sabia quantas ascensões post-mortem podia outorgar por ano, ou quantas já havia outorgado, ou quantas estavam disponíveis, no caso de haver alguma. Vejamos: ele tinha um total de mil por ano e já tinha outorgado oitocentas. Ou eram mil por lustro. Ou por década. Algo de mil era. Ele havia desperdiçado centenas, tinha certeza disso, durante o Levante dos Cimarrones e na ocasião da Revolta dos Netos Incas. Algumas centenas: não se lembrava de quantas, mas lhe vinha a imagem do pobre Fernández perdendo a esbeltez e seu porte de soldado, as costas curvadas por anos sobre a escrivaninha reclamando com o governador, o vice-rei e o rei sobre pensões. Pobre Fernández. E pobres viúvas e órfãos que ainda devem estar reivindicando o que é seu. Então eram mil e ele já tinha dado oitocentas. Ou eram oitocentas e ele tinha dado mil. Que importância tinha tudo isso se de todo modo não iam lhes pagar nem um dobrão? Claro que importava: um militar deve ser comedido e justo. Então, oitocentas e mil. Ou setecentas e novecentas e trinta e uma. Estava enredado pelos números e pelo pensamento. E não podia perguntar a ninguém porque seu secretário também estava em chamas. Não entendia por que Fernández havia se arrojado. Não era um homem de fé. O capitão suspeitava desde sempre que nem era cristão-velho nem se chamava Fernández. Mas era um bom secretário, então não reparou em minúcias. Deus ama aqueles que trabalham arduamente para a proclamação em todo o orbe da Boa Nova, do Nascimento, da Morte e da Ressurreição de Seu Filho, disse a si mesmo e ficou tranquilo. O que ele teria dado a Fernández pelo fogo? A tíbia doçura que os soldados tições haviam inflamado em seu coração se apagou de repente: com permissão de quem Fernández se imolou? Não sabia qual era o próximo passo que devia dar para fazer cumprir sua vontade. Nem estava mais tão seguro de qual era sua vontade, mas ainda sustentava a mirada cheia de força. Contrariado e em silêncio, ficou saltitando no lugar como um pião lento de armadura argêntea. O idiota do Fernández na fogueira. Um ovo frito, uma mariposa boba presa à chama, uma pinha sem cheiro de pinheiro, uma nonada Fernández queimando em um fogo que não precisava dele para arder. Por outro lado, ele, seu superior, seu capitão-general, precisava dele para saber o que fazer com suas próprias palavras que bem sabiam, ele e Fernández e todos os demais, caem no mundo com o peso da lei e da força. E elas não podem ser esquecidas tão facilmente quanto as palavras de toda aquela chusma inútil que arde ou é enforcada todos os dias enquanto dizem qualquer coisa porque, afinal, a quem importa? Sempre podia outorgar terras, é verdade, mas quais terras úteis restavam sem conquistar?, e ele não tinha ganas de conquistar nada. Farto de terra e ouro ele estava, e só queria deixar para trás esse mundo selvagem. E para onde iria e com a permissão de quem? E por que tanta moléstia, depois de tudo, por uns degenerados mortos de fome com uma fome de muitas vidas, de pais e avós, de tataravós e tatatataravós. Uns idiotas sem pão e sem dentes seus homens. Uns acostumados com a fome. Voltou a surpreender-se com a conquista do Mundo Novo. A proeza feita por um punhado de desnutridos que nem obedecer nem esperar por uma ordem sabiam, e se arrojavam às chamas sem que alguém, fruto de gerações e gerações de gentes bem comidas e bem vividas, lhes desse permissão. Martírio e desobediência, pensou o capitão. Seus olhos se inflamaram e ele deteve seu pião e parou de escutar e de cheirar e quase de ver.

O bispo, um querubim enorme, inclinou os cachos loiros que lhe aureolavam a cara rosada e buscou os olhos do capitão. Não queria perder o único outro gentil-homem, acreditava, em todo o quartel, capaz de cantar canções de ninar em basco tarde da noite, depois dos vinhos, quando era tomado pela tristeza de estar tão longe. Esse brinde extraordinário — à luz do sol, na fogueira — resgatou o capitão de sua letargia. Aliviado com o convite que o tirava de suas contas impossíveis, quantas ascensões dera, por Jesus Cristo?, o militar respondeu com euforia, quase voando, arrancado por Baco do labirinto pantanoso da burocracia do império. Tão retorcida que parece inventada por sodomitas escreventes apenas para debilitar a viril administração da força e da justiça de um militar, de um capitão, um homem nobre. Decidiu deixar a questão da burocracia para depois. Agora tinha de procurar um novo secretário. Algum afeminado que se deleitasse com as minúcias das leis e das normas e dos artigos e das exceções e das prebendas para que fizesse bem feitas as contas. Ou melhor, ele haveria de ter uma longa prática com o bispo para perguntar-lhe o que pesaria mais no julgamento de Deus — e dos homens, o único que lhe interessava — sobre os soldados tições; se martírio ou desobediência, e se seria Sua vontade que um capitão-general cumprisse com a palavra dada a soldados insubordinados, mesmo que fossem mártires. Se é que podia haver insubordinação e martírio ao mesmo tempo. Ou não queria Deus, o Senhor dos Exércitos, que houvesse capitães e soldados, que uns deem as ordens e outros obedeçam a elas? Depois, melhor depois, sorriu, enfiou um pouco de vinho na boca e outro pouco mais, e renasceu a força conquistadora de seu corpo, e com toda ela voltou a chocar cálice com cálice. O ouro fez tim e as pedras tim. O vinho volcou sobre o rosto do bispo, que riu de uma cor amorada. Uma indiazinha até esse momento inexistente nasceu do nada, com um pano branco em uma das mãos e uma cumbuca cheia de água na outra. Dez pequenos esqueléticos correram para servir-lhes mais, cuidando para que nenhuma gota fosse derramada em seus trajes senhoriais. Um deles tropeçou e manchou seu peitilho militar. O bispo se animou: com um só gesto — vermelho seu rosto de anjinho, veloz sua garra de raio —, ele o arrojou no fogo com as mãos. Gritou e se queimou.

— Droga! Um batizado, colega!
— Louvado seja o Senhor, querido bispo.

3.

Eu te imagino, tia: branca tua cabeleira esplêndida que, pela noite, quando a libertavas da touca preta, iluminava a cela inteira como a cintilância de um manancial de montanha despenhando-se sobre uma floresta. Teus olhinhos de céu de inverno biscainho, de um azul severo, teu nariz forte e tua pele pálida de luz do Norte. Já vês que eu te recordo, querida; não sabes quanto. Deves estar muito enrugada, e devem ser lindas essas pregas e senhoriais, e também tuas costas fortes de prioresa, como são as minhas de arreeiro. Vejo-te lendo para mim enroupada na janelinha do teu canto do refeitório, perto do fogo, como quando criança eu no teu colo, porém agora servida pelas tuas noviças novas, um petisco com uma tacinha, umas pimentinhas, madre, o breviário que já é hora das matinas, filhas.

Uma tacinha mais, tia, toma comigo e eu continuo te contando. Que valha esta carta minha como confissão. E como ato de contrição: embora eu seja inocente, meus crimes são muitos, tantos que tenho certeza de que grande dor te esperará. Mas confio *que também te trará alegria saber de mim e que não te esqueci. E deves saber que me arrependo,*

— Como são suas laranjas?
— Desse tamanho, Mitãkuña. Com casca grossa. Feitas de gomos. Cada gomo tem pequenas bolsas cristalinas cheias de água deliciosa. E algumas sementes.
— Mba'érepa?
— Sementes porque são frutos, e os frutos carregam sementes. Gomos, porque sim. Alguns frutos são de gomos e outros não, assim como algumas árvores são retas e outras retorcidas, você entende, Michĩ?
— Quer pegar suas laranjas você, hein?
— Pois sim, essa é uma boa ideia. Iremos em breve. Só me deixe escrever um pouco mais.

... me arrependo, tia, sou outro. De todos eles, os meus crimes, há um, ter te abandonado, que só tu podes me perdoar. Dos demais, talvez Deus Nosso Senhor, em Sua infinita misericórdia, queira me absolver. A selva já fez isso, eu sei. Há de ser longa esta carta.

A memória enganosa é, e contrária à velocidade: não se estende ao que foge, mas se compraz em faltar ao que vive, mentindo e trocando de nomes, de gentes, de nações. Pergunto-me como será para ti que sempre viveu sobre o mesmo solo, com as mesmas gentes, as mesmas cerimônias lentas dia após dia, e as mesmas árvores que crescem da mesma parcimoniosa maneira. Será que tuas lembranças se ataram aos galhos da nogueira que plantamos juntas? Devem ter crescido as recordações e os galhos, os frutos e as folhas, tão belos e morosos eles quanto a copa redonda em direção ao céu e o tronco enraizado quem poderia saber até onde, querida

* * *

— Tchê.
— Não.

... assim, *leves e graves, e frágeis e fortes a modo de árvore continuarão sendo tuas horas, tia, mais ou menos iguais entre si como hão de ser as nozes que nascem na primavera e são colhidas no outono, porém, bem sei, não são completamente iguais: têm pequenas diferenças, e hão de ser vertiginosas e enormes, uma tormenta em alto-mar para aqueles que vivem a vida atentos aos sutis sinais dos ciclos constantes, à ínfima infinitude das formas do sempre igual: talvez toda vida tenha sido provida de uma quantidade de vertigem e a cada uma seja dado usá-la de modos distintos. Ou talvez não; tampouco nos é dada a mesma quantidade de crimes. Ai, me treme a mão, querida, derrubei o tinteiro na tentativa de pôr a palavra primeira da longa relação dos meus; não me foram dados, eu os cometi. Saber de mim talvez seja para ti uma grande tormenta, e te ameace de angústias mortais nas tuas horas de oração. Vais orar por mim, não é verdade? Faz isso, te imploro, tem piedade de mim.*

Cresceu em mim o sopro de fuga como as pequenas raízes crescem das nozes que amorosamente guardaste na véspera de Natal para mais tarde, para o Nascimento, quarenta anos atrás, tentando acalmar meu pranto de menininha e, claro, conseguiste: quisera eu ter estado na minha casa, sabias disso, era muito tenra minha idade e eu já havia sido separada da minha mãe, do meu cavalinho baio, dos meus irmãos e seus jogos militares, do lume da lareira na minha cozinha. Nada disso era meu, mas eu não podia sabê-lo aos quatro anos. Me sentaste no teu regaço, enxugaste minhas lágrimas, me mostraste uma noz e prometeste uma árvore aos meus olhos aturdidos. E cumpriste.

* * *

— Ei, senhor.
— Antonio. Cale-se, por favor, Mitãkuña.

... No dia seguinte, no banquete de Natal, tinhas três nozes na mão. Uma delas, talvez todas, seria uma árvore, me disseste. Que a árvore estava toda inteira na noz, que só era necessário dar-lhe umidade e paz, que eu veria só. Rompeste um dos extremos da casca com um martelinho. Derramaste algumas gotas de água pelo buraco. Pegaste um pedaço de pano, mergulhaste na cumbuca e envolveste a noz. Tu me ajudaste a fazer o mesmo com as outras duas. Nós as guardamos em um canto da adega. Fomos procurar solo adubado no pinhal do convento. Minhas mãozinhas pegavam a terra animadas, prenhes de desejos de arvorezinha, de dar à luz. Tremia, tia, no dia em que chegamos e duas das nozes tinham se enraizado: um rabinho de rato porém branco e com a ponta muito pontiaguda. Isso foi o que me disseste e ainda me lembro. Maravilhada, pude apenas te sussurrar, parecia-me que não se podia falar em voz alta diante do milagre da noz. Soube, tão menina, que estava vendo o sagrado, a vida brotando, o que estava comprimido em um único ponto se desdobrando todo em infinitos.

Assim aconteceu comigo, como passou com a noz: estava todo eu mesmo em mim mesma do mesmo modo que a árvore nova está no fruto da árvore velha. Assim me cresceu o desejo de fuga, de andar pelo mundo, uma pequena raiz que foi se tornando caule e galhinhos e folhas e copa redonda, assim como cresceram minhas pernas e cabelos e, ai, meus peitos. Inocente meu corpo, inocentes a noz e a árvore que nasceu da noz, e inocentes os pássaros que nela, com ela, vivem, e a sombra sob a qual talvez te abrigues *em uma tarde de verão e que certamente abriga as ovelhas, os porcos, a vaquinha de leite e tuas natas. E as nozes. Tu me entendes? Creio que sim. Recordo como vibravas, tia, teu corpo estremecia quando me contavas histórias de homens, porque também me contavas de Deus e santos, de anjos e virgens, mas vibrar, teu corpo, só sentiu minha cabecinha no teu regaço quando me contavas dos homens, dos do Novo Mundo, a América e suas almas inocentes também mas condenadas.*

— Ei, você.

A menina fala muito baixinho com ele. Antonio a ignora e segue com a carta. Escrever para sua tia é como deixar-se cair sobre uma prancha por uma encosta suavemente coberta de neve. Dá-lhe uma doce vertigem, ele quer ficar lá.

— Ei, Antonio.

Naquela recordação cálida. Ter um só nome e não guardar nenhum segredo a não ser o desejo de partir. De andar de cá para lá, em barcos, em carroças, caminhando ou galopando. Conhecer gentes e terras novas, mares enormes, montanhas altíssimas. Fazer amigos. Conquistar mundos para a glória de seu rei. Nadar com golfinhos. Encontrar tesouros. Trepar em árvores. Comer frutas deliciosas. Acordar na hora que quiser. Não ter de obedecer a ninguém, não ser castigado, não passar os dias trancado e rezando com os olhos no chão. O macaco maior grita. A cachorrinha ladra. Os cavalos se afastam. Ele não sabe onde caiu a pluma que segurava na mão, sonhador, até um momento atrás.

— Ei, você.

Escuta o guizo. Uma serpente. Que sorte ele ter a espada ao alcance das mãos. Perdeu um pouco de fio, mas é melhor do que nada. Levanta-se, armado, e golpeia a terra com os pés. Escuta.

Silêncio, apenas os rosnados da cadela que pouco a pouco se acalma. Os cavalos voltam. Quer continuar escrevendo. Necessita deixar as meninas em um lugar seguro. A árvore. Ele as envolve na capa, a caçula está tão fraca que ele precisa sustentar a cabecinha dela com o tecido. Enfia ali os macacos também, amarra-os às costas e trepa. Ele os apoia em um amontoado de galhos em forma de ninho e prende a capa ao galho mais firme. Fica ali sentado com eles. Um africano lhe contou de enormes serpentes. De uma que tinha engolido um elefante. Parecia um chapéu, disse ele. Para engolir suas hostes, não é necessária uma gigante. Qualquer víbora pode desjejuar com os macacos e as meninas.

Sente que, enquanto escrever, estarão a salvo. Enquanto lhes der o corpo para apoiar a cabeça, as costas, a mão, os olhos. Teme, também. Pesam-lhe até as pestanas. Ouve a égua. Relincha. É magnífica. Toda luz, seus músculos parecem de bronze e ao mesmo tempo é tão elástica. A cavalgadura digna de um grande cavaleiro, de um guerreiro heroico. E além disso, terna. Amamenta seu potro pacientemente. E acaricia-o com o focinho, lambe-o, vigia seu sono. Será que amamentaria as meninas? Quanto tempo esteve escrevendo? Será que ainda estão vivas? Abandona a pluma. Trepa. Chega. Sente sua respiração fraca, mas acompassada. Estão tranquilas. Não têm fome. Decide ficar lá em cima da árvore por um tempo, junto do ninho. É um pássaro que não trina, só ouve. O murmúrio da selva é ininterrupto. É um só, mas feito de milhares de vozes. Cada um seguindo seu canto singular. Entende que a selva é, também, isso que está escutando. O quê? Uma conversa enorme? Não apenas o monte de árvores e animais, mas algo imaterial entre eles. Uma relação. Ou muitas. Acha que se os homens se aproximassem, a selva saberia. A matraca grasnaria, outras aves bateriam asas no ar e os galhos na fuga, outras fariam silêncio. Acha que se ouvir estão a salvo. Que se escrever, como prometeu à sua Virgem, e confessar e se arrepender, estão a salvo. Portanto desce — devagar, devagar, está exausto —, volta a se sentar, ao lado da Vermelha, que o esperava, e a pegar a pluma ao lado do fogo, sob as palmeiras. E se deixa deslizar outra vez até a infância. Tão distante.

4.

Ele os via, Antonio, estava olhando para eles. Assombrado. Não entendia de onde saía a gordura da fumaça dos esqueléticos. Muito menos o que eram aqueles índios. Ele estava havia mais de duas décadas no Mundo Novo e não se lembrava de nada semelhante. No entanto, nenhum de seus companheiros virou a cabeça para a janelinha.

— Já viste os índios?

— Mas pa quê, é sempre a mesma coisa.

— Nem morrer como Deus manda esses animais sabem.

— Cala-te, eunuco, me deixa dormir, ou eu vou te enforcar antes do carrasco.

Por ofensas menores que essa ele já matou. O sujeito do chapéu alto que bloqueou sua visão na comédia. O desgraçado que o chamou de cornudo quando o venceu no truco. Aquele que quis passar primeiro em uma curva na estrada e o empurrou gritando "vilão". O indiozinho que ele esquartejou porque havia matado seu alferes na Araucânia. Poderia continuar contando homens que se encontraram com sua faca, sua espada ou seu arcabuz, mas deixou a memória em paz. Naquele dia, não lhe importaram nem seus mortos nem sua honra. Portanto se calou e sentou-se sobre as correntes no chão, um caldo de urina e merda e escarradas, abrumado pelo que tinha visto e muito mais pelo que começou a pensar que não tinha visto. Nada. Às vésperas de sua própria execução, ele se perguntou pela primeira vez se não tinha estado cego todos esses anos. Seu corpo se resfriou. Tão às escuras e gelado estava que pensou que, mesmo se tivessem rompido suas correntes, ele não teria sido capaz de se mover. Acreditou, também, que assim feneceria: na véspera. O som da concha contra a panela o distraiu, e ele se moveu como se não houvesse estado quase morto até um momento antes. Tinha fome. O corpo o empurrou para a porta com tanto entusiasmo que a certeza de que ia sobreviver se apoderou dele e Antonio parecia um novo homem quando, por fim, chegaram os soldados com a comida e a deram quente em suas mãos. Sentiu falta dos talheres, não é um animal, mas não protestou. Era assado: grandes fogueiras se apreciam com longas parrilhadas. O cheiro das carnes consumidas pelo fogo emaranhando-se.

    Sentado no chão, segurando uma costela tão longa quanto uma espada, roçado por um raio de luz lânguido e levemente avermelhado que começava a apagar-se ao seu lado, na merda. Enterrou seu rosto na carne para morder. Tomou a copa de vinho que o bispo pedira ao capitão fosse permitida aos réus no banquete da magna fogueira no Dia do Senhor. O que seguisse poderiam ser pauladas antes do cadafalso. A menos que os tivesse apaziguado o lançamento à fogueira dos soldados mártires da cristandade. Ou o vinho. Ou as índias batizadas que deviam estar desfilando por seus quartos, arrastadas pelas garras dos soldados que serviam às intimidades de suas senhorias. Mirou entre as grades. O céu de um laranja que se escurecia, de um celeste que se azulava.

Ficou azul, o céu, pejado daquele amarelo radiante que a selva das Missões tem até a noite. Sulcada por rios imensos. Tão perto e tão longe dos jesuítas, dos portugueses, do oceano, do navio que o tirou de lá. É um mundo distinto da Espanha. Mais distinto ainda seria no dia seguinte, àquela hora. Se não sucedesse um milagre, ele se veria como os que haviam sido enforcados na madrugada se viam agora. Pendendo da forca como as cabaças pendem de sua planta. Sem mais sementes além daquelas que os vermes poderiam fazer delas. A aflição começou a sufocá-lo, e ele não podia imaginar nada além da escuridão como destino. Desejou com todas as suas forças, rezou para que não houvesse nada depois da morte. Se houvesse algo, ele tinha certeza de que seu algo não seria o paraíso. A pedra em sua garganta começou a se dissolver. Em água. Chorava, Antonio, embargado por uma emoção que não entendia. Era a música que se seguia ao assado e ele estava começando a perceber. As vozes, que juntas formavam uma única voz coral, o inundaram. As crianças índias. Das crianças índias são as vozes, o coro que está entrando em seu corpo como se um milagre entrasse nele. Como se alguém o alumbrasse na noite mais escura. Ou lhe mostrasse a saída ensolarada do túmulo. As crianças dessas selvas sabem cantar como cantaria, se pudesse cantar — poderá? —, uma noz ao brotar. São vozes doces. O sopro de Deus banhando o mundo em uma luz pacífica e dourada. Soube que não estava apenas vivo, mas que a vida o acariciava com a alegria dos filhotes, das flores que florescem, do amor puro que se oferta sem pensar, do nascimento de Cristo. Pareceu-lhe que podia sentir sua mãozinha macia e gorducha agarrando-lhe um dedo. Enterneceu-se Antonio, seus olhos escuros brilharam. Já tinha ouvido esses coros de crianças índias antes. Agora os escutava:

Vai andando a Virgem pura
do Egito a Belém

*e no meio do caminho
o Menino sede tem.*

*— Não peças água, querido,
Não peças água, meu bem,
que os rios descem turvos;
e os arroios também.*

*Lá em cima, naquela altura,
há um velho laranjal;
um cego o está guardando,
o que daria ele para ver?*

*— Ceguinho, ceguinho,
se uma laranja me ofertar
para a sede deste menino
um pouquinho saciar.*

*— Ai, Senhora, minha Senhora,
tomai vós quantas quiser.
A Virgem, como era Virgem,
não levou mais que três.
O Menino, como era menino,
quer todas de uma vez.*

*Assim que se foi a Virgem,
o cego começou a ver.
— Quem era aquela senhora
que me fez tamanho bem?
— Era a Virgem Pura
que vai do Egito a Belém.*

Cego, um cego que começou a ver. Estava sendo chamado: cantavam para ele. Tinha que ser a Virgem Pura tirando-o da escuridão. Podia a Virgem Pura que vai do Egito a Belém falar com os indiozinhos? Pensou muito e ficou mareado. Recordou sua vida no convento, os catecismos, as missas, os sermões de sua tia, a prioresa, e concluiu. A Virgem Pura podia, por que não? Estes haviam sido batizados. Eram católicos. Morriam como os brancos. O menino que volcou o vinho ardeu da mesma forma que todas as pessoas que acabaram na pira. E o amor da Virgem é maior do que o mundo. Respirou aliviado, Antonio. Não percebeu o urubu acima, no azul mais azul, aquele no mais alto do céu. Planava em círculos, deixava-se estar lá nas correntes mais quentes do ar nas montanhas mais altas. O urubu farejava o jantar de Antonio e apreciava o crac de sua mordidela, mas não o invejava. Notava movimentos na área das forcas. Os soldados deixavam suas guardas para comer também, e os mortos relaxavam e se deixavam balouçar pelo vento suave. Era o que estava esperando o urubu, então mal mexeu, ninguém teria podido notá-lo, os dois dedos mais longos de sua asa esquerda. Desceu devagar, estreitando seus círculos. Os outros urubus entenderam a mensagem, há festim, e começaram a chegar de todas as partes. O descobridor aterrissou primeiro sobre o pendente mais volumoso, que estremeceu convertido em um anjo gordo, emplumado, negro e purulento. Um instante depois, seus companheiros de morte sofreram a mesma transformação. Os urubus, em legião gananciosa, agitaram-nos como se estivessem sendo queimados pelo ar. Antonio não tomou conhecimento. Outra teria sido sua noite se ele tivesse sabido que este poderia ser o futuro de seu corpo amanhã: comida. E de rapaces.

    Havia estado cego? Acabara de experimentar um milagre como o cego do laranjal? E por que a Virgem falaria com ele, que não era virgem nem bom, que vivera em pecado e fora um grande matador, e não daria as laranjas a nenhum menino morto de sede? Ou talvez sim, por que não? Não se lembrava de ter feito dano a nenhum menino. Bem, nenhum menino batizado. Bem, não se pode estar seguro com o mundo infestado de jesuítas batizando a torto e a direito, em selvas e montanhas, em desertos e savanas, em mares e rios. Mas ele poderia muito bem ter dado suas laranjas para algum menino. Batizado ou não. Sua cabeça estava indo embora, o coro o carregava, e ele era outra vez uma menina nos braços de sua tia. E no convento de Santa Maria de Donostia. Santa Maria. A Virgem. Necessitava falar com alguém. Ao redor, ninguém parecia esperar por mais nada além da oportunidade de fugir. Ou da morte: todos se fingiam já hirtos. Mas sentia suas respirações atentas. As orações rotas. Os globos oculares movendo-se sob as pálpebras. Tinham medo, esses presos. Ele já não. Sabia que viveria. Por que Nossa Senhora abriria seus olhos, se não? Não tinha certeza. Poderia morrer da mesma forma com a graça de um milagre fugaz. O convento. Fazia mais de trinta anos que partira. Em seus pesadelos mais horríveis, regressava. Jamais tinha escrito para ninguém. Prometeu à Virgem uma longa, longuíssima carta. Começou a sussurrá-la:

— Sou inocente e tão à imagem e semelhança de Deus quanto qualquer um.

Não, não. Travou. Inocente, inocente ele não era. Mas inocente do crime que estava prestes a levá-lo à forca, sim, portanto prosseguiu.

5.

Não se passaram dias, mas pouco mais do que horas, desde que ele começou a pensar na carta para a tia. Mas se entregou ao relato como se tudo o que tivesse feito até aquele momento tivesse tido como único propósito contar a ela. Mal vê sua letra. Ele a desenha lenta, trabalhosamente. Quase esqueceu sua promessa, e quer que a carta chegue. Que a tia a leia. Que saiba isso dele, essa vida que foi a sua de algum modo. Apoia a pluma no tinteiro e as costas na árvore. Esmaga uma formiga-tigre que estava prestes a mordê-lo. Nem percebe. Cerra os olhos porque está meditando. Isso que escreve é e não é sua vida. Não é que esteja mentindo. Como poderia não fazê-lo? Ele está percorrendo sua vida outra vez. Elege, é claro, o que daqueles dias que foram seus restará na carta. Não entra tudo. E, isso o mergulha na perplexidade, no relato há muito do que não havia quando o estava vivendo. Ou algo assim, não entende muito bem, escreve em voz alta à prioresa:

— Como vivemos o que estava lá sem que notássemos? Isso faz parte da nossa vida? O que deixamos passar como se não tivesse existido? O que vemos hoje pela primeira vez mas aconteceu há quarenta anos, nós o vivemos? É verdade o que estou te contando?

Se interrompe. Sussurros. Toda a sua pele se eriça, como se fosse peluda. Nem chega a pensar. Já está de pé com a espada na mão. O corpo tomado por um raio. Todo o ar lá dentro. As meninas! Olha para cima. Continuam ali. Mitãkuña move o indicador apontando para baixo. As duas cabecinhas espiam. Ele solta o ar que havia juntado como se estivesse prestes a mergulhar no rio, e cai, também, a espada. Trepa. Os macaquinhos sobem por si mesmos em seus ombros. As meninas não. Desce. Põe a capa perto do fogo. Acomoda todas as criaturas. Pede-lhes que fiquem quietas. Mitãkuña diz que sim. E continua falando. Antonio não sabe dizendo que coisas. Nem a quem. Se parece com um canto. É. Uma canção de ninar, parece. Mba'érepa? Mba'érepa? Michĩ se junta. É um tamborzinho. Um ritmo. Antonio lhes avisa que vai buscar água e frutos. Deveria amarrá-las. Se escapassem, poderiam ser comidas até por um filhote de jacaré desdentado. O lume aprofunda suas órbitas. Marca o volume de seus ossinhos, o sulco sob seus olhos, a pele acinzentada. Não irão a lugar nenhum. Os macacos pulam, estão um pouco mais fortes. Saltam para uma árvore que parece um arbusto, baixa e acachapada, e que grasna como se tivesse cem gargantas. Cheia de tucanos comendo. O macaco maior joga uma fruta aos seus pés. Prova. Ácida e doce. Quase como uma boa laranja. Ele colhe e não se importa que caguem até em sua cabeça. Não cheira mal, tem um brilho metálico, preto-azulado, a merda de tucano. Haverá tempo para perfumaria. Agora, a comida. Mastiga um pouco para dá-la a Michĩ. Será que a égua vai querer amamentá-las? Mitãkuña comenta que os frutos se chamam ubajay e que não gosta deles. Mas os come de qualquer maneira, com as comissuras dos lábios arqueadas em direção ao pescoço. Imediatamente ele as sente respirar ritmadas. Tudo está na calma. Ele mesmo come algumas frutas. A Vermelha se enrodilha entre suas pernas. E ele pega a pluma.

Do almirante me contavas, tia, de como Cristóvão Colombo havia saído de Sanlúcar, das caravelas como cascas de nozes, de como, querendo ir para um lugar, ele foi parar em outro e fundou um mundo, dos índios que navegavam em jangadas feitas do pé de uma árvore, lavradas maravilhosamente, dizias. Na tua cela, me falavas desse outro mundo e o enchias de cavaleiros, de navios, de índios, de terras estranhas, embora todas as terras fossem estranhas para mim, exceto as do convento, bem como para ti mesma, minha querida. Eu era tua menina e tu te deixavas ir e me levavas aos teus sonhos americanos, com tantas almas para converter à fé verdadeira, e eu não sabia, mas em mim ia crescendo a sede do mundo, de partir de lá, de conhecer essas gentes inocentes que levaram ao almirante novelos de algodão fiado e papagaios. Ah, os papagaios, que beleza, deverias vê-los e entenderias que aqui as cores vivem, são de carne e pluma, azuis vibram e chiam vermelhos, amarelos, verdes. E levaram também azagaias a Colombo, que lhes dava em troca pequenas contas de vidro e guizos, enquanto estava atento ao ouro e viu que alguns deles tinham um pedacinho pendurado em um buraco que tinham no nariz, e por sinais ele pôde entender que indo para o sul havia um rei que tinha grandes baús dele. Zarpou em busca do ouro, e dizia o português, o judeu, o italiano nosso almirante da armada imperial espanhola que esta ilha era muito grande e muito plana e de árvores muito verdes e muitas águas e uma lagoa enorme no meio, sem nenhuma montanha, e toda ela verde, que era prazer mirá-la, e aquela gente mansa demais. A menina que eu fui escutava essas palavras e te pedia que as repetisses até aprendê-las para recordá-las quando fosse mister, e me perdia em naus, já navegando me via, e minha cabeleira se derramava como ondas suaves, se estendia sobre tua saia prioresa desejando mar, fazendo-se mar de puro anseio de liquefazer-me nas frestas do convento para ir aonde sempre vai a água, que é para a água, já reparaste que a água está distribuída em partes às vezes enormes e às vezes muito pequenas mas gosta de juntar-se?

— Ei, você.
— O quê?
— Me conta da senhora.
— Que senhora, Mitãkuña?
— Aquela que se chama Virgem, tchê.
— Ela é a mãe de Deus Nosso Senhor.
— Ei, quem é Deus? E quem é o pai?
— O pai de Deus é Deus.
— E a mãe é a Senhora, Yvypo Amboae?
— Mba'érepa?
— Porque ela o carregou no ventre e depois o deu à luz. Que é o que fazem as mães.
— Mba'érepa?
— Porque Deus a escolheu, Michĩ.
— Quem é Deus, tchê?
— Aquele que criou os céus e a terra.
— Não.
— Sim.
— E teve um mitã que se chama igual a ele, tchê?
— O que é um mitã?
— Não sabe de nada você, hein. Um menino.
— Sim. Não. O menino é Ele mesmo, mas encarnado.
— Não entendo, tchê.
— Mitãkuña, você devia dormir.

* * *

... já reparaste que a água está distribuída em partes às vezes enormes e às vezes muito pequenas mas gosta de juntar-se?

A água quer água e minha alma queria andar, tia querida, assim foi que vi uma vida longe do convento, da triste disciplina das madrugadas de joelhos, das intermináveis, mortuárias listas de pecados, das breves listas de virtudes para uma mulher, mais breves para as noviças e brevíssimas para as professadas: obedecer e não desejar nada além de Cristo Jesus. Eu não professei, bem o sabes. Perdoa-me, tia. Foi uma epifania, foi-me revelada, senti o chamado e não pude resistir a ele como ninguém pode, minha querida: prisioneira do convento não. Prisioneira de nada. Fui embora. Tinha me desejado marinheiro, mas nunca, nunca, nunca soubera que isso fosse possível, e a vontade do impossível no corpo dói, e fortemente me doeu: nos ossos, nos músculos rígidos de confinamento, nos olhos que era mister manter baixos, nas mãos, que atadas estavam. Essa dor que me manteve quietinha até que tuas chaves se impuseram aos meus olhos, ao meu coração e a todo o meu corpo como o chão se impõe sobre o que cai, senti minha própria raizinha rompendo e não hesitei, não pude, não pensei em bem ou mal, não me perguntei se seria pecado, se eu estaria atentando contra meu Senhor Deus, contra teu bom amor, contra minha alma, se eu arderia depois não só no inferno, mas nas fogueiras da Santa Inquisição. Meu corpo viu a porta e saiu como o caule da noz pelo buraquinho úmido que fizemos para ele. Passei três dias e três noites na nossa floresta de Donostia, aquela próxima ao convento que regias quase com inocência: nossa família governava, ainda governa?, tu governas com a naturalidade de uma causa sobre um efeito. Eu tive uma família causa, e soube que presa, não como vocês sabiam o seu, sem dúvida alguma, como sabem os que mandam: do mesmo modo que se sabe que os relâm-

pagos são seguidos por trovões. Saber, sabem os que triunfam, sabem o rei e o papa, e sabem da mesma maneira os regentes. Os demais duvidam de dúvidas diversas. Maleáveis, às vezes, e às vezes rígidos como um grilhão de ferro.

Os que fogem também sabem como governar porque governam a si mesmos; se duvidassem, não fugiriam, reparaste que os que se vão de ânsia pura de ir embora têm certeza? Uma certeza de bússola, um norte feito de distância do ponto de partida, assim é, assim foi. E assim será. Então, e cada vez desde então. Soube que presa não, que antes caçador, e voltei ao mundo que entretanto não conhecia: me chamavam o sopro da floresta, o dos cavalos cujos cascos eu ouvia soar de dentro, o das vozes de fora, o tilintar do metal das espadas, as pisadas fortes dos homens. Tua bela voz me contando contos de outro mundo. A força das minhas pernas que me impeliam a andar. Havia sentido medo, não obstante, durante anos. Até que tu, minha tia, minha família, todo o meu amor, nas matinas, me mandaste buscar teu breviário, e vi a chave enorme, longa como minha mão e meu antebraço, como uma faca comprida, e escura e ferrosa e pesada para as portas implacáveis do nosso convento, e foi como se tivessem me aberto; como se as portas de mim mesma, sendo eu uma cela sombria e fria, tivessem se aberto e o sol tivesse entrado, e quem voltaria a fechar as portas para encerrar-se no escuro?

Não hesitei: peguei agulha e linha, peguei tesoura, peguei quatro pedaços de tecido e, ai, onze moedas porque os apóstolos foram doze, mas ninguém quer um traidor entre seus exércitos, e me fui para sempre. Tive medo, era meia-noite, não me lembrava de ter pisado em outro terreno que não as pedras cinzentas e a terra frondosa dos jardins do convento, mas minhas pernas não temeram e levaram-me embora. Minhas mãos tampouco temeram, minha querida, pegaram o que podia ser levado e abriram o que havia de ser aberto para sair, e meu corpo correu para a floresta como o de um cervato quando os olhos do tigre pousam, por fim, em outra besta, ou no voo de um inseto ou no rio. E não, eu não sabia quase nada, era inocente como um animal enjaulado: quando se abre a gaiola se sai, tia, não é preciso saber.

— Conta para nós quem é Deus, você. Como Ele fez os céus e a terra?
— Conto, Mitãkuña, se vocês me prometerem dormir assim que eu acabar.
— Bom, tchê.
— Nahániri.
— Você me promete ou nada, Michĩ.
— Eu te prometo. Ela vai dormir de qualquer jeito, viu. Canta para nós, você, esse canto, tchê.
— Bem, eu canto para vocês. Foi assim:

No princípio criou Deus
aos céus e à terra
mas tudo saiu mesclado
um grande abismo de face
coberta pelas trevas.
E também águas havia
e o espírito de Deus
voava do Oriente.
Porém nada via.
Ele disse, que haja luz:
Fiat lux agora! Fiat lux!
Fiat lux! Fiat lux agora!
Com Sua palavra criadora.

— Nahániri.
— Diga que se cale ou não vou mais cantar para vocês.
— Ekirirī, Michī, tchê.

Foi Sua palavra criadora
e houve luz e viu o Senhor
que isso era uma coisa boa
então chamou-lhe o Dia
e às trevas, a Noite
e assim passou o dia primeiro.
Fiat lux agora! Fiat lux!
Fiat lux! Fiat lux agora!

— Nde japu. Mentiras diz você.
— Você tem que dormir. Vá dormir, Mitãkuña.
— Diz a verdade, tchê.
— Que verdade?
— O que comia, tchê, esse seu Deus?
— Nada. Deus não precisa de nada. Não tem fome. Nem sono. Não se cansa nunca.
— Mba'érepa?
— Nde japu, tchê.
— Não é mentira. Eu te conto o que Deus comia se você me prometer que ficará quieta depois.
— Que comida comia?
— As nuvens Ele comia. E pela boca cuspia a luz que tinham. E com os peidos, as trevas.
— Jijijiji. Nde japu, hein, você.
— Juro que é verdade, Mitãkuña. Durma. Olhe, eu vou te mostrar minhas trevas.

Solta um peido colossal. As meninas tapam o nariz com as mãos e depois o destapam às gargalhadas. Os macaquinhos trepam nas árvores. Os cavalos resfolegam. A Vermelha, satisfeita com o que lhe foi dado de sobra, nem se mosqueia. Todos voltam a se reunir. Os macacos trazem algumas frutas: são como alcachofras. Mas com um sabor adocicado que parece uma mistura de banana e ananás.

— Suas laranjas são, tchê?
— Você sabe que não.
— E onde são suas laranjas?
— Na Espanha.
— Chirimoias são estas, você.
— Bom.

A bicharada emudece. Cada animal que vive no tapete verde da selva imensa e as árvores e as trepadeiras e as flores e os fungos e os musgos ficam quietos. A tatatina, a nuvem que sobe do rio até coroar as árvores e molhar tudo, também se detém. É aquele minuto do dia em que tudo é paz. Quando até as marés cessam. E nada mata ou morre. Salvo os homens novos, mas mesmo eles às vezes esquecem sua novidade. Suspiram e ficam mirando algo que não sabem o que é.

6.

Não pode morrer assim. Em pecado mortal. Seria como uma dupla morte, ficaria morto remorto, ou pior, ardendo nos lagos do inferno. Maculou o templo de seu corpo e o nome da Santa Madre Igreja. Precisa de um cura. De um padreco. O mais pobre, o mais bobo, o mais maligno, até seu pior inimigo. Até um cura índio serviria. Um cura judeu, inclusive. Qualquer coisa que o absolvesse para ir em paz, se tinha de ir. A morte o apanhava sem confissão. Quietíssimo, em seu quarto forrado de veludo púrpura, o salão com dormitório que ele tinha mandado construir pegado à igreja. As tapeçarias ele trouxera da Mãe Pátria. A dignidade de um alto prelado não podia ser deixada aos azares do Mundo Novo. E aí estava. Sua pança branca esparramada contra o mui régio tapete vinho-escuro. Os cachos de anjinho emplastrados no crânio. Os globos dos olhos aquosos cerzidos de sangue. A cara vermelha e as veias do pescoço inchadas como troncos. Eram sulcadas por borbotões que se tornavam pelotas até que voltavam a abrir caminho e se estiravam fluidas. Logo se travavam por um novo obstáculo e voltavam a empelotar. Era como se o sangue avançasse aos gorgolejos. E o ar que não entrava. E a voz que não saía. Abria a boca inteira, podia-se ver até sua glote: faltavam os molares do bispo. Queria falar. Necessitava pedir ajuda. Que alguém o assistisse. Confessar-se. Tudo o que ele podia sentir de seu corpo era a dor lacerante que lhe cortava a respiração, as pontadas em seu peito que lhe arrebatavam a voz e tudo mais. Também sentiu o pau inchado sob a batina. E atinou a orar a Deus para que Ele não permitisse:

— Fiat voluntas tua, porém não permita isso, Pai, Senhor meu, não me permitas derramar minha semente em terra, Pai, não me abandones.

Rezava. E via o que estava à sua frente à primeira luz da manhã, velado apenas por um fino pano púrpura que cobria sua enorme janela. Pouco mais do que sombras, porém conhecia os alvoreceres do forte. As silhuetas disformes das índias. Bonecas quebradas, marionetes empaladas e estiradas como cristas. Eram apenas soldados bêbados fornicando mulheres. Mas que sinistras suas sombras! Monstros de duas cabeças e quatro patas agitando-se em agonia. Ele ficou surpreso que pudesse surpreender-se, tão desesperadamente falto de ar como estava. E os soldados roncando no chão ou cantarolando com a alegria vaporosa do corpo descarregado. Tentava tragar o ar. E não entrava. E não saía. E ninguém notava porque ninguém devia saber que ele estava assistindo. Era o seu segredo. E os homens o respeitavam assim, fingindo que não sabiam. Que não existia janela na parede de seu aposento. Que não escutavam as chibatadas que ele se propinava a si mesmo para castigar sua ânsia de pecar. Nem os grasnidos de abutre que lançava quando derramava sua semente em vão. Seus homens entendiam que essa sua forma era uma das formas de santidade. O bispo não tocava nas mulheres, nem se tocava a si mesmo, a não ser através do látego. O prelado olhava para eles, mas eles não o viam e, no fim, se esqueciam. Como agora, quando nem suas ovelhas, nem Deus e, o mais grave, nem mesmo o ar se lembravam dele. Em Mitãkuña, o ar entrou. Deixou-o sair devagar por sua boquinha. Dava para ver as serrinhas de seus dentes novos. Abriu os olhinhos puxados e se mexeu. O bispo a mirava. Queria estender a mão para ela. Pedir ajuda. Que fosse buscar um cura. Um padreco qualquer. Que ele não podia morrer assim. O que tampouco podia fazer era falar. A menina sentiu pavor e entendeu. A porta de sua jaula estava aberta. As outras estavam cerradas. Ela não conseguia abri-las sozinha. Estava demasiado débil. Tinha que andar agora. Era melhor escapulir sem perder um instante e buscar ajuda. Ela soube, e soube a cachorrinha vermelha que ganiu primeiro e apareceu depois e a acompanhou. Caminharam. Roçando-se em uma bolha delas duas. Quase sem apoiar os pés no chão. Quase invisíveis, de tão sombras pequeninas. Cabiam na sombra de todo o resto. Necessitavam aproveitar esse minuto de suspensão do mundo para ficar fora do alcance dos soldados. O bispo rezou.

— Sed libera nos a malo.

Tentou respirar mais uma vez. O ar não saiu, mas umas lágrimas sim, chorou como choraria um odre prestes a explodir, e simplesmente estourou. A boca exalou o último ar, fétido, e a semente e tudo o que pode fluir simplesmente fluiu entre a pança e o tapete vinho-escuro. Ficaram abertos sua boca e os olhos. No fim das contas, que azar, ele morreu sim em pecado e sem um padreco para absolvê-lo. Em que momento dessa passagem entre a vida e a morte o homem é responsável por sua voluptuosidade? Se se pode chamar assim o pau inchado do moribundo. Não foi a morte que o inchou. Tinha sido inchado por aquelas índias putas. E os soldados, fornicando freneticamente como molas afiadas. Que longo minuto o da morte do bispo.

Logo foi presa das moscas. Uma delas pousou, atrevida. Não houve consequências. Chamou as outras e elas começaram a depositar seus ovos nas cavidades do ilustre prelado, que sofreu uma metamorfose extraordinária convertido em ninho de larvas.

7.

Corta e trabalha um galho. Morosamente. Faz a ponta. Antonio vai arrancando apara após apara enquanto começa a filtrar-se uma luz ondulante e suave entre a folhagem e a neblina. Cada vez mais afiada, a ponta. Quer que ela seja capaz de atravessar um peixe grande de um só golpe. Apara uma samambaia apenas com um roçar. Pronto. Que maravilha de espada: mal a afiou. E forjou uma lança tão pungente e forte quanto ela mesma. Já viu índios pescando a lançadas. O caminho que fez até o rio, mas como pode ser?, ficou denso outra vez. Ele o abre. Está cansado. Quer comer. E dormir. Não pode dormir. Fica de pé, afundado na margem do rio que o suga, que asco, quão tosco esse novo mundo com seus lábios de barro! Ele se cobre de lama para enganar os peixes. O sol sobe. O barro se racha. Os insetos o rodeiam como as nuvens no topo de uma montanha. Os jacarés se formam em círculo, a poucos passos. Ele fica quieto, quieto. Até que se aproxima um dourado. Enorme, deve ter cerca de um metro de comprimento, poderia defumá-lo e o comeriam por dez dias. Prende a respiração e joga a lança, que se quebra e se vai, partida em duas, com a correnteza. O dourado recebeu o golpe. Está atordoado. Duvida. Antonio não. Se lança sobre ele. Uma, duas, três vezes. O peixe se esquiva dele com certeza em diagonais velozes, imprevisíveis. Até que mergulha a alguma profundidade. Antonio também. Chora e se banha. Vestido. Vai ter que caçar. Com a espada, não pode fazer um ruído ou o capitão vai encontrá-los. Ou ele vai ter que convencer a égua a amamentar as meninas e passar, ele mesmo, a frutas outro dia. É melhor convencer a égua, e começa a trabalhar em uma armadilha. Volta pela picada que acabou de abrir. Está mais densa que há quatro horas. Se distrai. Um cheiro. Maravilhoso. Cheiro de comida. Ele se esgueira para o acampamento. Que delícia! Corre. É comida de índios. Umas cumbucas de terracota vermelhas, coloridas, fumegantes. Têm que estar próximos. Não parece haver ninguém. Se debate entre a fome e a prudência. Pensa em esperar as meninas comerem e só depois experimentar um bocado. A fome vence e eles comem juntos. Quando terminam, Michĩ adormece quase em seguida. Mitãkuña não. Ela se encosta no pau-santo, fora do refúgio de palmeiras, e desenha na terra com um pauzinho. Antonio estende a capa, para descansar. Ele pede a Mitãkuña que o avise se algo estranho acontecer. Não sabe o que poderia ser estranho para ela.

— Se vier o tigre, ou as cobras. Se vierem os espanhóis, os que são como eu.

Ela diz que sim e fica sentadinha. Antonio não quer dormir. Acorda depois do meio-dia. A Vermelha adormecida em seu regaço. Mitãkuña, em sua guarda. Feliz, ele se concentra em suas coisas. Em sua vida. O que não importou para ele. O que não percebeu. Quase não soube. E ainda assim, se espanta, o trouxe até aqui, até onde está agora. Da mesma forma que o trouxe aquilo no que sim reparou. Como entender uma coisa dessas? Como explicá-la? Esquece a armadilha que se propusera a fazer. E escreve:

* * *

Corri, tia. Senti o mar como o alento de um animal gigante que me encorajasse, como nunca havia sentido antes, me dava forças e me acariciava com dentadura colossal, se algo assim pudesse ser carícia e se algo tão imenso pudesse ter dentadura. Era uma fera tão grande quanto o céu, o céu aberto de descampado, que crescia a cada passo e azulava tudo, até o barulho do mar, e minha liberdade se fantasmava, tinha luz de espectro, do além-túmulo, conheci a luz da intempérie; as estrelas lampejavam como sinais, brilhavam brancas e vermelhas, cintilavam, inquietas se derramavam sobre a luz da lua na terra, balançavam as luzes umas sobre as outras e faziam sombras brilhantes, pode ser isso possível? É assim que eu me lembro. Mostravam-me direções, falavam comigo: por ali, Catalina, não, por aqui, por este tal caminho e por aquele tal caminho e na cabeça vazia e no corpo inteiro me retumbavam as estrelas, seus raios me pareciam lascas e o mar fazia para mim seu canto de vento e me chamava, mas em sua margem os navios de meu pai, e minhas pernas marchavam em direção ao cheiro da floresta que era menta e era terra molhada de orvalho, que a terra se abre à noite e libera seu hálito, um hálito de vida secreta e úmida, de raízes, de vermes, de mortos e de sementes rompendo-se suavemente para a vida. A floresta me chamava como até então só me haviam chamado a panela de sóror Josefa ou tuas histórias, como um lar me chamava a floresta, mas um lar cheio de estranhos porque a floresta também é muitos animais, embora não tantos como a selva: é um animal de inverno a floresta, mesmo que floresça na primavera. Reparaste, tia, que a floresta é um animal? Tu te deixas confortar por seu alento? A nossa em Donostia é feita de olhos de animais que espiam com medo, com bravura e talvez com fome e, já hei de contar-te, com perdão também. As árvores protegem, protegem sempre, portanto fugi do convento

e do bramido do mar e dos meus cabelos que me puxavam para
trás, para a água, para a água, para os navios, Catalina, mas nos
navios meu pai, ou para teu regaço para escutar histórias de marinheiros enquanto me penteavas, mas em teu regaço meu pai. Subi em uma árvore, cortei a cabeleira. E te deixei. E o cabelo, jogado sobre o folhedo. Ainda deve estar lá, enterrado entre fungos e
vermes.

— Tchê, Antonio.
— ...
— Ei, você, te falo.
— Que novidade, Mitãkuña. Fale.
— E o que aconteceu depois?
— Depois de quê?
— De que seu deus cuspiu luz e peidou trevas.
— Mba'érepa?
— Porque solta peidos, Michĩ.
  As poucas forças que têm são suficientes para conseguirem
rir. Suas bochechas ficam ruborizadas. Antonio também gargalha. Será uma heresia? Não sabe. Piores ele cometeu. Vai contar-lhes toda a Criação. Tem que inventar o canto do segundo dia,
rápido. Ou melhor, os seis dias juntos, se conseguir.

E depois no segundo dia
notou Deus muita água.
Era tudo como um mar
sem acima e sem abaixo.
Disse faça-se o firmamento
e separem-se as águas.
Mas que bom este trabalho
vamos chamá-lo de Céus

dou por terminado o dia.
Logo depois veio o terceiro
ali foi que secou uma parte
e na outra juntou a água.
Uma delas chamou de Terra
E o outro chamou de mares.
E à Terra Ele ordenou
produzir selvas e florestas.
E assim foi, e saiu-Lhe bem.

— Mba'érepa?
— Porque Deus quis assim. Deixe-me continuar, Michĩ.
— Fica quieta, você, deixa ele cantar.

No dia seguinte, o Senhor
fez estrelas, sol e lua.
Depois povoou o mundo novo
com os peixes, as baleias,
as galinhas e os melros.
Multiplicai-vos, ordenou-lhes,
E povoai mares e céus.
E assim foi, obedeceram.
Era aquilo uma grande folgança.
Louvado seja o Senhor, caramba!
No dia seguinte, fez Deus
todo animal que caminha
rasteja, trepa, come e dorme.
E pareceu-Lhe muito bem.
E disse-lhes multiplicai-vos.
E puseram-se, obedientes,
a executar o encargo.
Era aquilo uma grande folgança.

Louvado seja o Senhor, caramba!
E na penúltima jornada
O Senhor sentiu-Se sozinho
Então criou o homem
à sua total semelhança
Ele os criou macho e fêmea;
fêmea e macho Ele os criou.
Era aquilo uma grande folgança.
Louvado seja o Senhor, caramba!

— Tchê, Antonio, kuimba'e ha kuña é teu deus?
— O que é isso, Mitãkuña?
— Homem e mulher. Como você, tchê.
— Olhe, eu não tinha pensado nisso. Sou homem, eu.
— Eeeh, tchê, mas você tem uma teta.
— Muitos homens têm.
— Mba'érepa?
— Porque sim, Michĩ.
— Meu pai, meu avô e meus tios não.
— Pois Deus e eu temos.
— Só uma, é?
— Mba'érepa?
— Porque sim, Michĩ. Vamos cantar juntos.

Era aquilo uma grande folgança, louvado seja o Senhor, caramba!, baixinho, canta para elas. E por fim o deixam em paz.

... *Tinhas me dado boa vida, tia, me quiseste bem, mesmo encerrada. Repetias para mim: "És minha filhinha, minha primogênita, neska, a única, e a abadia será tua herança na minha velhice". Mas não eram essas as minhas ânsias, e eu parti, e terei partido de ti, e por ti chorei aquelas primeiras horas de solidão na floresta. Baixinho chorei, desperto, com a agulha na mão e as tesouras na saia, sob a inclemência formosa do orvalho que reavivava tudo que tocava e o dotava de brilhos argênteos, mas me congelava, sob a mirada de uma família de corujas tão quedas quanto eu estava então, agachada e com os olhos abertos e a cabeça movendo-se em todas as direções, a folharada cobre e esconde mas também crepita e delata, e eu ainda era eu mesma enquanto eu mesmo me tornava, saí de mim ponto a ponto: fiz da anágua uma camisa, do hábito calça e casaco. A gorjeira, tia, pedira ao meu pai, em uma das suas escassas visitas ao convento, como brincadeira, algum tempo antes, e ele não soubera recusar. Naquele então nem ele nem eu sabíamos, mas essa gorjeira deve ter sido toda a minha herança. Três dias levei para terminar as roupas que minhas pernas pediam, que meus braços exigiam. Senti uma força nova assim que vesti o novo traje. Meu corpo todo se estirou, tia, forjaram-se meus músculos: era livre. O mundo parecia ao meu alcance.*

— Se vocês pegarem meus papéis, eu...

Mas não, não iam entender. Os macaquinhos fugiam lentamente. Estão mais fortes, mas ainda não recuperaram a velocidade. Grita com eles duas vezes, recupera sua carta e acaricia a cachorrinha. E se dispõe a continuar escrevendo. Outro arranhão no papel. A cachorra, sorridente, arranha-o com as garras. Não tem jeito. Precisa coçar a cabeça dela.

— E vocês?

A égua e o potrilho continuam na mesma. Comem flores, samambaias, passeiam um pouco, cada vez mais longe, e voltam para perto da capa. Dourados e altos os dois como sóis. A Vermelha se deita ao seu lado. Parou de arranhar as pernas dele reclamando atenção, finalmente. Agora sim.

8.

Ai, madre minha. Mamãe, mamãe, mamãe. Pai nosso. Madre minha. Sismos sacudiam os corpos e os faziam jorrar torrentes, enlouquecidos e verticais como rios de montanha. Primeiro adormecidos e depois despertos. Primeiro culpados e depois inocentes. Primeiro jovens e depois velhos. Primeiro vilões e depois nobres. E agora tudo ao mesmo tempo. Choravam. Tanto que já nem sabiam quem eram. Silenciosamente choravam. Perdiam o nome e as patentes e as senhas e os traços, como se a vida começasse a escorrer-lhes pelos dutos lacrimais. O nariz dos narigudos se erodia. Os lábios dos bocudos se afinavam. O rosto dos rosados, dos marrons e dos beges se tornava quase transparente, como de fantasmas. Os olhos de todos inchavam. Choravam. Como se esperassem amanhecer múmias e subtrair, a puro pranto, o poder dos carrascos de matá-los. Choravam. Sem querer chorar, mesmo sem aflição, até alegres choravam alguns descerebrados na véspera do patíbulo. E outros choravam iracundos. Não importava, porque, chorassem como chorassem, lhes saíam as mesmas lágrimas torrenciais.

Antonio, yrupé de quatro troncos, um para cada corrente, não chorava. Flutuava na mornidão das lágrimas de seus companheiros. Enquanto flutuava, escutava o mar e via os verdes picos de Europa. Verdes como o trigo verde e o verde verde-limão. Tinha quatro anos, ainda não sabia ler nem escrever, sabia que não sabia e não se importava. Avançava aos saltinhos, bailava, era uma menina, e seu vestidinho branco se agitava como se fosse uma das florzinhas que apareciam na grama em que ela pisava. Coberta ela mesma de pétalas como os lírios de lá, de sua infância, que estavam cantando com suas boquinhas abertas em meio à grama. Tinham, ela e as boquinhas dos lírios que cantavam com ela, uma voz doce e aguda como as do coro de crianças índias que lhe haviam cantado sobre a Virgem Pura que vai do Egito a Belém. A voz de tudo que é santo. A dos passarinhos no dia em que aprendem a voar. A dos cachalotes quando conseguem chegar ao céu de um salto. E cair de volta no mar, fazendo-o estalar. A dos elefantinhos que voltam para o abrigo das patas de suas mães. A das primeiras estrelas depois de uma tormenta. A da porta aberta para sair da jaula. Enquanto cantavam *Atharratz jauregian bi zitroiñ doratü*, o sol acariciava menina e flores. Ela continuou bailando e chegou até os cordeiros que entoaram um contracânone terno. Deslizou os dedos por entre seus cachinhos e cantou mais alto *Huntü direnian batto ükhenen dü*. A vaquinha leiteira galopou ao seu encontro junto com seu bezerro e ela lhes cantou *Ahizpa, zuza orai Salako leihora* e eles bailaram com seus graciosos saltos de animais pesados. Bailava adormecido, Antonio. Flutuando como um barquinho nas lágrimas cálidas dos réus que o balançavam como águas amorosas. Como se fosse ele mesmo uma abelha e nadasse na copa cantante de um daqueles castanheiros vizinhos ao convento. Os sinos tocaram a rebate. O sol subiu. O urubu sentiu fome. Atravessou com os olhos a cúpula verde e prateada da selva. Abaixo, ao lado da masmorra em que Antonio cantava, a praça enorme e lúgubre do quartel. O capitão gritava, e os soldados corriam e se afanavam em tarefas vãs que, esperavam eles, os tornariam invisíveis à fúria do militar.

Perdera seu amigo, o bispo, e sentia, horrorizado, que o amara. Também sentia falta de Fernández. Já dispersado pelo vento em sua maior parte, estava sentindo um gosto estranho do néctar das flores de hastes fúcsia e alongadas de uma paineira. E grudava no corpo das vespas que ficavam entediadas e decidiam procurar outras flores. E voava, Fernández, voava e se tornava parte de favos de mel e ficava preso em uma teia de aranha. O capitão notou, ademais, a ausência dos jovens padrecos que viajaram para dar missa às aldeias indígenas. Ninguém que lhe dissesse o que o protocolo dita para os bispos que morrem de repente. E ainda por cima assim. O digno dignitário, que o saberia perfeitamente, estava ali estirado de boca aberta e muda papando moscas. Ou melhor, as moscas é que estavam papando o bispo. Redes de túneis as larvas recém-nascidas estavam fazendo no corpo inerte. O capitão-general se perguntava que cerimônia seria digna de uma autoridade tão alta da Igreja. Não sabia. Não tinha tempo de se pôr a ler o regulamento. Ele não gostava de regulamentos. E em vez de se sentar e entregar a eles seu tempo e paciência, ele teria preferido ter os dedos da mão direita martelados. Ademais, que tempo! Nessa selva imunda, os corpos apodrecem nem bem o galo canta. Vários haviam cantado, e o capitão caminhava pela praça muito iracundo entre o corpo do amigo — os membros rígidos, o torso inchado — e seu gabinete. Se deteve, trespassado pelo doce raio de uma voz celestial que cantava em basco. Uma voz de menina. Uma voz como a de suas irmãs há tanto tempo. Uma voz como havia de ter agora mesmo sua menina que deixou em Espanha. Redondinha e perfumada com um aroma tão rico que era difícil tirar o nariz da cabecinha cheia de penugens loiras. Sentiu que sua filhinha cantava para ele e pedia que voltasse, e ele pensou que talvez deveria. Já tinha muitos ouros. Para que mais, se a única coisa que ele queria era ressuscitar o bispo para voltar a ter aquelas conversas miúdas com ele depois dos jantares, quando já estavam quase bêbados e faltava pouco para se porem a cantar canções de ninar em basco. Era por isso que ia para casa. E falava em sua língua o dia todo e com todo mundo, e cantava com sua filhinha, e sentia aquele perfume que lhe dava vontade de abraçá-la e protegê-la de todos os males do mundo. Seria essa uma primeira prova da duvidosa santidade de seu amigo, o alto prelado, que lhe enviava sinais de sua melhor vida no além? Era urgente encontrar a menina impossível que, por mais impossível que fosse, estava cantando. Decidiu que a coisa mais sensata a fazer era correr agradecendo ao Senhor. Orar procurando a menina sem perda de tempo. A voz levou-o até as masmorras. Ele se perguntou se um anjo tinha se apiedado daqueles prisioneiros imundos que lhe haviam tocado. Aquele depósito de carne criminosa que ele tinha lá nas celas não sabia muito bem para quê. Nem por quê. Evidentemente, seria mais sensato e inclusive piedoso pendurá-los assim que a sentença fosse proferida. Quando voltasse a ter um secretário e um bispo, buscaria com eles a forma legal e católica de manter os condenados por menos tempo. Cobriu o nariz e a boca para não sentir o cheiro da humanidade que ali se amontoava. Assomou a cabeça entre as grades. E encontrou sua menina. Era um homem horrível que flutuava em um lago de excrementos e lágrimas. Um homem com nariz ganchudo e costas robustas, gesto marcial e mãos como garras, braços musculosos, boca torta e bochechas sulcadas por vários floretes. Um homem que quase dançava enquanto lhe saía da boca de lábios finos um

Atharratzeko zeñiak berak arrapikatzen;
Hanko jente gazteriak beltzez beztitzen.

Era a mesma canção que sua ama de leite cantava quando ele, o capitão-general, era um menino e não queria nada mais do que comer creme de ovos, brincar com seus irmãos e se agarrar aos vestidos de sua mãe se tivesse a fortuna de vê-la. Não lhe importou se era coisa de Deus ou do diabo. Ordenou que as portas fossem abertas e enfrentou a lufada nauseabunda para ver de perto o condenado menina. Antonio desceu do alto da crista até a borda da onda. A umidade do pranto dos prisioneiros havia afrouxado os pregos que sustentavam suas correntes às paredes. Saiu a toda a velocidade do lado do marco que o mantivera aquecido, flutuando e cantando nas últimas horas. Despertou contente enquanto começava a secá-lo o sol, que rachava a terra vermelha. Não se intimidou com o rosto do capitão sobre o seu, quase respirando seu hálito.

— Bom dia, sua senhoria. Tende um bom dia, meu capitão, que sejais abençoado por Deus.

— Não ouves os sinos a rebate, réu? Tens a voz muito forte.

— Obrigado, senhor: sou barítono. E, senhor, perdão, senhor, sonhava com minha pátria, com minha Donostia querida, e não ouvia nada além do som do mar e dos lírios cantando.

— Ah, Donostia, réu, te ouvi cantar em basco com voz de menina, sabes ler?

— Ego legere et scribere scio, mi domine, gratias agere Deo.

— E as contas? Me diz quanto dá três mil quinhentos e quarenta e um mais cento e oitenta e dois.

— Três mil setecentos e vinte e três, sua senhoria.

O capitão estava feliz. Havia encontrado secretário. E não descartava deitá-lo em seu dormitório para que lhe cantasse enquanto dormia. Confiou-lhe o funeral do bispo e foi fazer a sesta aliviado e cantarolando, agora sim, tranquilo, com sua menina a salvo.

9.

O golpe o sobressalta. Cai a pluma porque ele leva a mão à testa. Entre os dedos tem o sangue e entre as pernas o projétil, uma daquelas sementes que chamam de orelhas-de-negro. A folhagem está quieta, como se não passasse de folhas e galhos. Os que não estão lá embaixo, onde os deixou, são os macacos. Será que já voltaram para a sua terra? Caem duas, três, dez orelhas mais em cima dele. Ele levanta furioso e as lança de volta à copa da árvore. Atiram-lhe, agora, umas trinta. Ele revolve um ramo pesado que se choca contra o topo do tronco e golpeia sua cabeça ao cair.

— Desçam daí, seus símios de merda!

Descem no mesmo instante. E voltam a subir. E dão voltas sobre si mesmos. E sobre tudo o que encontram. E saltam de novo. E se abraçam às meninas. Trouxeram uns frutos pequenos, amarelentos. Os macacos dão uma mordidela neles e compartilham. São de uma polpa dourada, muito doce e levemente acre.

— É um sonho essa fruta. Tragam mais.

— São as laranjas da tua senhora, tchê?

— Bem sabe que não, Mitãkuña. Mais frutas, macacos!

Obedecem. Atinge-o uma dúzia que vem de toda parte. As gargalhadinhas das meninas o animam. Antonio senta-se, cola os frutos ao próprio corpo, nas roupas, e os reparte. Michī pega uma ponta da capa do capitão, a essa altura já do vermelho polvorento da terra, coloca-a na cumbuca cheia de água e a passa na ferida. Acaricia sua testa com as mãozinhas desajeitadas, débeis, pegajosas. Antonio sente um nó na garganta. Por um momento, acaricia a cabeça de Michī como se a penteasse. Caminha até os cavalos, que estão comendo orquídeas. A égua alonga seu pescoço musculoso até as flores lilás e brancas. O focinho dourado contra o musgo. Os labelos violáceos arrancados pela boca doce da besta. O potrilho examinando com a pata e as narinas uma flor caída até lambê-la. Antonio arranca um ramo de flores amoradas. Oferece-o à alazã. Ele a acaricia. E a desencilha. Tira suas rédeas. E lhe diz que ela também é uma flor. A égua devolve suas doçuras com algumas cabeçadas e apoia a cabeça em seu ombro. Ele se agacha. Toca seus úberes. Ela o deixa fazer isso. Ele a ordenha um pouco. Enche duas cumbucas, não mais, pois o potrilho também tem que comer. Ele as leva para as meninas. Elas não querem. Toma um pouco ele mesmo. É um nojo. Mas elas precisam disso. Onde já se viu crianças que não bebem leite? Aqui? As crianças do Novo Mundo bebem leite? Ele não sabe. Em Espanha, sim. Lembra a novilha do convento, seus úberes rosados, seu bezerro. A tia obrigando-o a beber sua cumbuca todas as manhãs. A comida de índios terá leite? É óbvio que sabem alimentar seus filhos. Ou não. Se soubessem de alguma coisa, não seriam escravos, pensa. Não tem certeza. Pode-se saber e perder. Qualquer um pode ser escravo. Menos o rei. Volta a tentar. Não abrem a boca. Ele propõe uma troca. Uma moeda. Michī a pega. Passa para Mitãkuña. Olham para ela juntas. Elas a mordem. Não gostam. Jogam-na fora. Devem ser tontas. Oferece-lhes o freio lavrado da égua. Não lhes interessa. Oferece-lhes fios de ouro. Nada. Ele se desespera. Em seu desespero, olha para o chão e encontra algumas sementes como esferas. Faz nelas distintas marcas. Listras para cá, para lá, paralelas, cruzadas. Agora sim tem a atenção das duas. Faz um buraquinho na terra vermelha. Traça uma linha a um metro. Joga uma bolinha. Depois outra. Querem jogar. Só se beberem o leite. Elas bebem. A cachorrinha e os macacos olham para elas com olhos brilhantes. Jogam. Embocam todas as bolinhas em apenas dois lances cada uma. A Vermelha se lança sobre uma semente. Morde-a. Corre. Os macaquinhos agarram as outras duas. Trepam velozes, estão melhorzinhos. O jogo diverte a todos. A Antonio, nem tanto. Nem mesmo precisou deixá-las vencer. Não acha certo perder para duas meninas que não sabem nem falar na língua cristã e estão bobas de tão desnutridas. Não acha certo perder, não importa como aqueles que jogam com ele falem. Mas quer fazer suas coisas e, pensa nisso por um tempo, nisso ele saiu ganhando. Ganharam todos. Não sabia que isso era possível. As meninas adormecem outra vez. Antonio volta a escrever, com o nó na garganta ainda apertado. E a Vermelha entre suas pernas.

Assim minha primeira fuga, tia, o abandono da minha cela de menina, da janelinha trespassada pelas agulhas verdes de seus pinheiros, as minúsculas florzinhas violeta, os cogumelos com gosto de madeira feita de chuva e frio e luz de nuvens que ameaçavam cair com tanto peso, como de prata suja, opacas. Presa não. Caçador sim, mais tarde, no mundo, quando soube que a vida era uma díade, quando não sabia, não podia conhecer a trindade que conheço agora. Presa não. Caçador tampouco. Contemplo. E duvido. Já não fujo nem governo embora governe a mim mesmo, se é que me governo.

* * *

— Ei, você, me dá água?
— Aqui, beba.
— Xixi. Me leva, você.

Levantam-se, caminham uns cinquenta passos entre as palmeiras. Antonio lhe dá as costas. Escuta que terminou.

— Agora dormir, Mitākuña.

Ela não discute. Dá a mão a ele no caminho de volta. Adormece assim que apoia a cabeça na capa. Antonio volta à sua carta apesar dos mosquitos e do suor. São constantes. Está se acostumando. Além disso, anda quase nu. Seu torso parece um campo depois da batalha. Há buracos. Montes de entulhos. Restos de incêndios. Sulcos enormes. Partes grudadas umas nas outras sem concerto. E partes separadas com ainda menos concerto. Restos de uma pequena mama. A outra, apenas um pouco de pele.

— Já não fujo nem governo embora governe a mim mesmo, se é que me governo.

Sei que quero te contar sobre isso, de como fui primeiro presa e depois caçador enquanto cruzava o mundo caminhando e montando cavalo e remando ou içando velas ou cavalgando um burrico e conhecia uma liberdade que estava para mim, que esteve sempre, que ainda está, negada. Será? Eu a tenho, é minha, vivo assim. Não pode estar vedada a mim. Não obstante, duvido, comando mas duvido, é minha? Pode ser meu o que me está vedado? Poderia não me ser próprio o que sou? Não me perguntei naquela primeira noite na floresta à qual me levaram as pernas para me abrigar do olhar de homens que não se perguntariam sequer o que uma moçoila estava fazendo sozinha, no escuro, com hábito de noviça. A da fuga foi uma dupla epifania: soube que deveria me vestir de homem sempre que quisesse andar. Foi-me imposto pelas minhas pernas. Foi-me imposto pelo cilício: que eu deveria me libertar dele me foi revelado, ou eu morreria de gangrena, apodrecido de dor. Foi-me imposto pelos muros do convento. E tuas histórias e a costura que aprendi contigo e o vigor das nossas costas. Será que vais compreender o paradoxo? Sempre obedeci a ti sem nunca ter feito o que querias. Ou eu fiz o que querias sem nunca ter obedecido a ti. Aprendi isso há muito pouco tempo, aqui, na minha selva, com meus animais, perto dessas gentes que não são tão mansas quanto as de Colombo.

Um arranhão. Acaba de fazer um arranhão em sua carta. O maior macaquinho já foi: subiu em sua cabeça. Meteu a mão em seu bolso. Se pendurou em um galho. Agora se balança em outro. No topo do pau-santo. Antonio reprime sua ira. Não quer acordar as meninas. Nem a cadela. Nem o outro macaco. Se concentra.

Voltemos, tia, voltemos às minhas últimas aventuras de moçoila: um daqueles três dias e três noites que passei na floresta comendo raízes e cogumelos e nozes e castanhas enquanto fazia lavores mulheris, minha querida, aqueles que tu me ensinaste, cosia as vestes da minha liberdade ao lado de uma pequena fogueira sob o galho gordo de duas corujas, e desviava a mirada do pano e da agulha à minha frente para os lados, para baixo e para cima, porque na segunda noite sozinha e desarmada e sem ti, tia, sob as copas mentoladas das árvores, tive medo. Muito. Quis tanto poder andar e ter também teu regaço. Senti a respiração lenta e pesada de um corpo que acaso também temesse, e vi meu lume, o do meu pequeno fogo, dançando aos olhos de um urso gigante como gigante é a catedral de Donostia, ou assim me pareceu então. Estava tão perto que já não podia fugir, eu que, porém, já estava fugindo. Quieta fiquei, como uma rocha. E baixei a vista como me havias ensinado que deveria fazer uma moçoila. Eu sabia ser isto então, uma moçoila. Porém hoje sou homem e foi assim que fui tratado no convento que foi minha prisão em Lima. Podes imaginar os pudores, e os impudores, das irmãs. Espera, espera um pouquinho, já vou te contar sobre isso. Estou me lembrando das batidas enlouquecidas do coração e de uma mornidão entre as pernas que eu não sabia o que era até ouvir o urso partir. Quando consegui me levantar, tiritava do frio da minha própria urina, e tu não estavas lá para me confortar como sempre estivera, e alcei a vista e vi a luz nos olhos do urso, que, já indo embora, tinha volteado para o meu lado: vi que me deixava viver, que a besta me deixava a vida. Me queimou aquele olhar, me rompeu algo, estendeu uma ponte aquele animal com este que sou hoje. Não com a menina de então, eu não sabia, não conseguia ver a ponte nem o perdão, não conseguia ver no urso nada mais do que uma ameaça que cedia, a oportunidade que me apontavam suas costas: uma porta mais que se abria. E não pude deixar de desfalecer quieta, que é como derreter lentamente. Como se funde um metal, caí e fiquei estendida junto ao fogo, e acordei algumas vezes, e ansiei que alguém, tu, me acompanhasse. Temi que nunca, que o preço de poder andar fosse a distância de todos, a distância que me permitiria guardar meu segredo, então acreditei que nos olhos daquele urso houve algo de Deus: não cheguei a ver o urso, minha mais querida, vi Deus nos olhos como se não tivesse sido um urso que me deixou viver. E me acreditei acompanhada; Ele me guardava e me deu chaves que abriam e ursos que perdoavam em minha senda. Tu acreditas que foi Deus? Acreditas? O urso foi apenas um instrumento aos teus olhos? Creio hoje que o urso foi urso e que nele houve algo de Deus como há em tudo e em todos. Como é a memória, como é que estou voltando a mim mesmo, para o que fui, para o que cheirei, para o que toquei, para o que vi e resulta ser que encontro tanto que não encontrei então? Se não o encontrei então, é verdade o que estou te contando? Não sei como, mas se hoje estou aqui é porque o urso quis me deixar viver mesmo que eu não soubesse.

Deixa-me falar-te sobre a ponte que um urso estendeu para a moçoila para que talvez o homem possa cruzá-la. Há de ser assim, que se estendam pontes para nós que só mais tarde poderemos atravessar mares, rios, arroios, oceanos inteiros. A ponte da noviça haverá de ser cruzada pelo arreeiro? Queira Deus. Como quis que eu andasse, porque se Ele não tivesse querido eu não estaria aqui, deves concordar comigo, não é? Pode ser como dizes, e nada está escrito, mas não poderia ser de modo algum se Ele não quisesse, não é verdade, tia? Não vi a ponte porque minha mente ainda estava escura, obcecada pelo desejo de fuga e pelo medo. Quando despertei do meu desmaio, não reparei nas pequenas ervas que tinha diante dos olhos, nem nas brasas ainda avermelhadas que estavam à distância da minha mão, nem mesmo na minha mão, minha mãozinha rechonchuda e macia de jovem donzela: direcionei-a para a agulha e a linha e cosi minhas vestes com os olhos colados aos dedos. Talvez eu tenha compreendido que minha única arma era uma agulha, tua agulha, e era necessário dar-lhe todo o uso possível. Terminei as roupas e tive que vesti-las sem poder me ver em nenhum espelho, tive que confiar em meu aprumo e caminhar com passos longos e firmes, tive que avançar fazendo o que me ensinaram a não fazer nos meus anos de menina: me fiz varão obedecendo a ti porém de modo inverso, compreendes? Não tinha visto muitos homens: os homens de Deus, lá em cima no púlpito, escassamente meu pai e os outros, de longe, na missa, quietos. Nem me lembrava sequer dos meus irmãos mais velhos. Fui moçoila ao revés durante um trecho do meu caminho, até que conheci homens suficientes para me tornar um deles, eu mesmo, tia.

10.

Ficou parado no centro da praça. Diante daquela que havia sido sua cela. E deu três gritos, Antonio. Com o primeiro chamou dois pelotões. Saíram, imediatamente e formados, dos estábulos. Fartos das furiosas idas e vindas do capitão, obedeceram aliviados às ordens de deixar o quartel para procurar padres até debaixo das pedras. Com o segundo grito, enviou cem soldados para recolher flores e outros cem para fabricar círios e limpar a igreja. Com o terceiro, trouxeram-lhe vestes finas. Não podia acreditar em sua sorte. Era a manhã do dia em que estava sentenciado à forca. Se não tivesse sonhado e cantado, dali a uma hora teria de marchar, acorrentados os pés, as mãos e o pescoço, na tristíssima fila de vilões até o patíbulo. Em vez disso, estava indo para o rio. Passou pelo portão do quartel, se internou na selva. Sentiu o fresco da sombra úmida e densa das árvores. O caminho, estreito e sulcado por raízes e lianas mas facilmente transitável, requeria apenas a atenção mínima que requerem essas florestas. Olhar onde se pisa. Quando chegou à margem, pousou suas novas vestes sobre um galho. Tirou quase todos os andrajos. Antonio sempre recorda que podem estar observando-o. A água o abraçou cálida, transparente. Deixou-se levar. Entregou-se à delícia do dia. Em vez de ir para a morte, estava nadando com os dourados que saltavam, cometas fugazes, e os surubins-capararis que lhe serviam de escolta como se fosse um rei. Os tucanos, com seus corpos escuros e seus pescoços brancos, o espiavam. Onde estarão os curas? As matracas gritavam vozes coloridas. As rãs-cambô desciam das árvores para se encharcarem. Lá em cima, o urubu olhava aquela besta pelada chapinhar. E a jaguaretê que Antonio, para sua sorte, ignorava tão próxima, tranquila e sentada, um pedaço de sol com manchas de noite sobre a terra vermelha, os olhos plácidos na água e em seus filhotes se banhando, enquanto ela lambia as garras no pós-banquete. O urubu pensou: esta é a minha. Atirou-se pacificamente sobre o que restava da pobre anta que perdeu a vida quando amanhecia, igual o bispo. O urubu comemorava a mudança de iguaria. Estava farto de comer homens e mulheres e crianças. Antonio sentia a água doce, a mais doce que já sentira na pele e na boca. E compreendia que tudo é verdade sob as árvores. Compreendia todas as coisas como se compreende um fruto na boca, uma luz com os olhos e quase tudo com as mãos. Jurou a si mesmo que dessa vez não ignoraria, como ignorara antes, o vivo da vida assim que se acostumou a estar vivo outra vez como coisa dada e segura. E apostou nos naipes ou na guerra ou nos bons trajes. Antonio gosta de se vestir como o bom cavaleiro espanhol que é. Estava ficando tarde. Saiu da água e foi até a roupa nova que brilhava entre as folhas verdes. Devia organizar funerais faustosos, memoráveis, para as gentes e para os índios batizados. Olhou para o céu azul-celeste e o rio marrom e a terra vermelha e a selva verde e sentiu-se feliz por estar respirando. Sabia que tinha de agradecer à Virgem do Laranjal e, como salvar pessoas é muito do agrado da Senhora, decidiu falar com seu capitão para que perdoasse os outros réus. Outros não, réus apenas. Salvá--los como sem dúvida alguma desejaria sua senhoria o bispo se soubesse que morreria, e sem confissão de suas poucas faltas, Antonio haveria de dizer ao seu superior. Talvez a infinita misericórdia do Senhor levasse em conta a boa obra feita em Seu nome no Juízo. Antonio se enroscou. Fez um nó com a roupa posta pela metade. E caiu na gargalhada enquanto dizia a si mesmo sobre as poucas faltas, para que pudesse dizer ao seu capitão com mais seriedade depois. Má sina a do bispo morrer sem padre ao seu lado! Já tinha posto as calças. Caíram bem. Pôs o gibão, como se tivesse sido costurado para ele, o colete e a gorjeira. Já era um senhor. Sentiu-se em condições de decidir. Haveria de sugerir ao capitão que providenciasse que nunca houvesse menos de dois curas, e se um estivesse fora evangelizando ou farreando, o outro permanecesse em guarda, obrigado a fazer rondas, de modo que ninguém, muito menos homens santos como o bispo, morresse sem confissão. Caminhava de volta ao quartel, completamente alheio às cobras. Ia quase dançando e ziguezagueava como a menina de seu sonho. Em um saltinho, levantava a perna direita e cruzava a esquerda. Voltava a apoiá-la. Outro saltinho, levantava a esquerda, cruzava a direita. Avançava assim, dançarino feliz. Perto da paliçada, apoiou as duas pernas e começou a marchar. Direita-esquerda. Direita-esquerda. Meia-volta, volver. Ambas as pernas retas e na frente. Antonio boneco duro como de madeira indo ver o capitão. Com os passos machos do marcial, passou pela porta. Viu-se forçado a mudar seus planos. Lá no patíbulo estavam corcoveando os dez vilões com quem ele havia passado o dia anterior e a última noite. Os corpos inteiros se arqueando. Desenhando violentamente um C para um lado e a barriga de um D para o outro em suas tentativas desesperadas de reter a vida. Não queriam morrer. Pobrezinhos os corpos. Gastavam toda a sua força, a de uma vida inteira, em um momentinho de resistência. Faziam bem. Não era hora de andar economizando para nenhum depois. Os pobres corpos réus. Mãos atadas. Cabeça no saco. E uma corda em volta do pescoço como único sustento. Tinha certeza de que, se tivessem tido a cara ao vento, teria visto o mesmo enforcado corcoveando em dez corpos mal distintos. Um pouco mais fracos. Um pouco mais gordos. Um pouco mais escuros. Um pouco mais claros. Um pouco mais altos. Um pouco mais baixos. Com farrapos de boas roupas ou farrapos de farrapos. Mas a mesma cara lavada de tanto pranto que lhes fundira as feições durante toda a noite se derramando. Pôde olhar para eles quando conseguiu se levantar depois de falar com o capitão e eram assim, o mesmo único homem já nem branco nem marrom, nem pobre nem rico. Uma espécie de massa amorfa com diferenças de poucos graus. Um quase nada. Talvez a véspera do fim e o sopro da morte na garganta conseguem fazer o que ninguém mais faz, igualar as gentes. Mas há que se dizer que rico-rico, lá na masmorra, não havia nenhum. Quase nunca os ricos cometem crimes. Ele queria rir, mas a risada ao lado do patíbulo tinha um gosto amargo. Havia de ser a Virgem do Laranjal, outro milagre, sentia pena deles. Ou talvez dele mesmo, que deveria ter estado lá. Sem cara. Igual de quase nada como todos estes. Chutando em vão para morrer de qualquer jeito.

Tinha a cabeça em qualquer parte. Um pouco ali, acompanhando a pena de morte de seus ex-companheiros, porém muito mais nas perguntas de por que um sim e o outro também e o outro também e o outro também e o outro não. Além disso, para se manter assim, distinto dos réus que ainda lutavam contra uma morte que já os vencia, era melhor pensar em como ir para bem longe dali. E mudava-se o nome e as feições e a vila de origem e os ofícios. Ai, tinha a cabeça em qualquer parte. Isso não estava bem. Ele havia prometido a Nossa Senhora salvar os condenados e já havia falhado com ela se demorando no rio. Fez-lhe uma nova promessa. Havia de mirar aqueles que estavam morrendo e pensar neles enquanto os fitava. Mas começou a pensar que os crimes criavam em si mesmos, em seu próprio seio, uma direção dependendo de quem os comete. Branco ou índio. Rico ou pobre. Podiam levar à forca e ao fogo ou ao trono e ao tesouro. Podiam cometer juntos, dois homens, o mesmo crime. Um deles terminar na fogueira. E o outro melhor do que antes, besuntado de baba de alabanças. Objeto de loas e estátuas de bronze. Coroado de ouro. A direção do delito, para onde ele galopa como um corcel brioso, calculava Antonio, é a resultante de dois fatores: o seio do crime, o lugar ocupado no mundo por quem o comete, e a força de seus inimigos. Sentiu uma pena e gostou de pensar, para sua Virgem, que era dos agonizantes. A verdade é que ele não tinha certeza se a pena era deles ou de si mesmo. Como sabê-lo? Talvez de todos. Nunca se perguntara se cobrem a cabeça dos enforcados para se pouparem do espetáculo ou para lhes dar um último espaço de intimidade. Talvez o motivo seja outro. As suas não eram gentes de se poupar dos espetáculos da crueldade nem de dar mais do que confissão aos condenados à morte. Nem mesmo uma última ceia. Embora a tivessem tido. E comeram tudo. Tinha que ver o apetite dos vilões. O dele mesmo, embora condenado à morte junto com os demais. Mas a coisa das cabeças cobertas. Por que seria? Haveria de perguntar ao capitão assim que pudesse se movimentar.

    Sentiu-se em dívida com sua Virgem do Laranjal. Já que não pôde salvá-los, ficaria ao lado deles até que as almas partissem, deixando para trás seus restos inertes. E lá estava ele, outra vez pensando em qualquer coisa. Não era agradável mirá-los. Seus pobres corpos pendentes ainda lutavam. Antonio já havia pensado em tudo o que lhe urgia pensar. Estava começando a se aborrecer, e tardavam tanto alguns deles para morrer. Haviam de ser os mais novos, que são, mesmo nestes transes, os menos sábios. Ou talvez não, talvez estivesse vindo a galope um enviado do vice-rei com a absolvição, e os jovens não se resignavam. Queriam aguentar até a chegada do enviado. Queriam cinquenta anos. Um dia. Um instante mais. Contudo, quem poderia aguentar tanto o desespero do pobre corpo pendente de uma corda que aperta o pescoço? Ah, mas que alívio, já restavam apenas três se sacudindo, os mais próximos. Agora sim, Antonio se propôs novamente, nada de se distrair, nem por um segundo. Mas um que passava por ali lhe disse que três eram assassinos, três desertores e os outros quatro haviam sido encontrados nus e muito entregues à prática do pecado nefando em manada. Seus réus foram afortunados. Os sodomitas costumam ser destinados ao fogo. Que, como diz a Bíblia, o cheiro da carne consumida pelo fogo apaziguará Javé.

Aquela fogueira. A grande fogueira. A maior fogueira que já tinha visto até então. A fogueira dos sodomitas do Mundo Novo que tanto mal tinham trazido ao Império. Tormentas em alto-mar. Piratas. Guerras perdidas. O próprio rei Filipe II, que o Senhor o tenha em Sua Santa Glória, escreveu ao vice-rei pedindo-lhe que parasse de ser frouxo. Que deixasse sua benevolência para trás. Sua tolerância, poderíamos dizer. Seria sodomita o vice-rei? Todo mundo pode ser qualquer coisa, Antonio disse a si mesmo outra vez, e lembrou-se das palavras que o rei havia escrito ao seu vice-rei. Que era o vice-rei de todos ali. Até daqueles que não sabiam de sua existência. O vice-rei de todos os homens e mulheres. E dos tucanos. E dos cogumelos com chapéu. E dos coqueiros-pindobas também. Sem contar que o vice-rei do rei era o vice-rei de todo o ouro e a prata. Das especiarias e dos diamantes. Embora apenas por delegação do rei, que tomara a pluma com as próprias mãos para escrever-lhe que:

* * *

... considerando que os trabalhos que todo dia padecemos são enviados por Nosso Senhor por esses e outros grandes pecados da cristandade que detêm o curso de Sua misericórdia, castigando--nos com os sucessos ocorridos nos últimos anos nos tesouros que vinham daquelas províncias, perdendo-se um com míngua de nossa nação, e outros pelo risco dos temporais, e os sucessos tão infelizes que minhas armas tiveram com os numerosos exércitos que houve, em meu juízo e no de todos se deixa entender ser assim, que Nosso Senhor está irado, e que os fracassos referidos tão continuados os deve ter permitido por castigo de nossos pecados, pareceu--me encarregar (como o faço) que busqueis com muito cuidado e diligência se castiguem os pecados públicos e que possam causar escândalo na república, e que em toda ela haja a emenda dos costumes que convém sem exceção de pessoas...

Essa carta tinha sido lida. E relida. Nos púlpitos e nos prostíbulos. Nas cortes e nas feiras. Nos caminhos e nos confessionários. Nas cidades e nos desertos. Nos conventos e nos quartéis. E nas aldeias indígenas. Mesmo aqueles que não sabiam falar como Deus manda. Distraiu-se outra vez. Diante de seus olhos ainda estavam dois réus estremecendo mudos. Tão distante sua morte silente da bramante de seus primeiros companheiros de folgança americanos. Chorou quando os viu. Dom Filipe II ofereceu rebaixas de impostos às cidades mais puras. Tudo ardeu. Também Cotita de la Encarnación. O mulato que era escrava na venda de seu primeiro amo de sua vida como vendeiro. Que havia cuidado dele quando de sua primeira peste americana. Cotita que levantava os fardos pesados de tecidos. E com as mesmas mãos lhe acariciava a testa para conferir suas febres. Cotita que o ajudava a esconder os trapos de suas menorreias. Cotita que cantava na venda e na estrada. Cotita que bailava com flores na cabeça. Que lhe dizia minha alma. Minha vida. Meu amor. E lhe punha uma grinalda de riso cristalino nos dias todos iguais, salvo nos domingos do Senhor, de vender e comprar, regatear e fiar, e especialmente anotar cada coisa, cada coisinha e suas moedinhas, somando ou subtraindo no grande livro de contas da venda. Nunca entendeu do que se ria Cotita, o Africano, sua primeira amiga americana. Mas que formoso riso o de Cotita. Morta na fogueira. Fritada viva Cotita. Cada esquina. Cada praça. Cada cabildo uma fogueira. Até as asas dos anjos devem ter se chamuscado. Florestas inteiras talhadas pelos católicos para purificar seus livros de contas. Eles se olhavam uns aos outros com chamas nos olhos e tochas nas mãos. Um dia notaram que escasseavam índios e africanos. A pureza começava a ser mais cara do que os impostos. E não mudava a sorte do rei nem de seu reino. Seguiu padecendo a Holanda nos mares. Catalunha rebelde. Portugal independente. Javé não se apaziguou com o aroma de tanta carne consumida pelo fogo. Ou queimaram mais os outros.

Agradeceu outra vez à sua Virgem do Laranjal que lhe fizera presente sua promessa. E permitira que ele se afastasse justo a tempo dos pés sapateando no ar e distribuindo urinas. Mas um pouco salpicou nele. Parecia ser sua sina estar molhado pelos dejetos dessas gentes, mesmo quando sua sorte havia mudado. Antonio chorava, como antes seus companheiros de cela. Passou o capitão:

— Tu és um maricas, o que estás fazendo chorando, preocupa-te com o funeral do bispo que eu te mandei organizar.

— Perdão, senhor, bem, senhor, serão grandes funerais, pode estar tranquilo vossa mercê, eu choro, senhor, porque um desses réus, senhor, aquele de cuja cabeça os urubus tiraram o saco, senhor, tem um nariz aquilino e enorme, senhor, como o do meu irmão, meu único irmão, senhor, morto em um duelo aos vinte e cinco anos, senhor.

Antonio meio que mentiu para o capitão. O capitão não se importou com sua mentira nem com o motivo pelo qual estava chorando. Só queria experimentar seus talentos de secretário, nada mais.

— Ao meu gabinete, soldado.

Antonio olhou pela última vez para seus vilões, já convertidos em flores murchas da cabeça aos pés, todos para baixo. A carne morta procura a terra. A última coisa que sabe um homem ou uma mulher, ou mesmo uma criança muito pequena, é que receberá o abraço da terra que o abrigará como uma mãe. Mas já não serão esses corpos os deles, como já não eram esses corpos os dos enforcados. A terra os recebe como uma panela os ingredientes. E faz vidas novas, as suas, a da Terra inteira. Mas não pensou nisso Antonio, que marchava firme, apagando com as mangas os sinais de suas lágrimas pela Cotita, que acabou frita na fogueira junto com cento e vinte outros maricas que na verdade eram mais, diziam duzentos, mas houve muita exceção de pessoas, apesar da vontade do rei. Antonio foi direto para o gabinete do capitão.

11.

    Dorme-se um dia e se acorda no seguinte, e é por isso que os dias parecem cortados um do outro. Mas não. Sucedem sem limites, começam e terminam por qualquer lado. Ou por nenhum. A menos que se tome o sol como princípio e fim. Ainda assim, não estão separados. Devia ter se dado conta na floresta perto do convento. Nas batalhas na Araucânia. Na véspera do patíbulo ao qual sobreviveu. Se dá conta agora. Quando é governado pelos despertares intermitentes das meninas, suas fomes caprichosas, os jogos de bolinhas, os de orelhas. Antonio se entrega. Dedica-se a sentir que o tempo passa como um rio onde o sol nasce e se põe. Uma correnteza. Como a que o está atravessando agora mesmo, no enlevo de cair na carta que escreve para a tia. Se deixa levar. Como poderia fazer outra coisa? Como explicar com palavras deste mundo que parte de si um navio levando-o? Navega, Antonio, nessa escrita que é e não é ele. É balançado pelas cantigas. A respiração das meninas e dos macacos. Os batimentos cálidos da Vermelha pegada a ele. Os cascos cada vez mais distantes dos cavalos. A música da selva. Os coaxares. Os rugidos. Os zumbidos. Os trinos. As fragrâncias doces e ácidas. E as palavras que saem de seus dedos.

— Antonio, ei.

Mesmo sentado, ele deve baixar os olhos para encontrar os de Mitãkuña. Tem as bochechas quase vermelhas. Está mais viçosa, alegra-se Antonio. A cachorrinha também olha para ele. Sorriem as duas. A Vermelha com a boca inteira. A ponta da língua rosa na borda escura e entre as presas.

— Que se passa, agora?

Enfia uma das mãos no bolso e a tira cheia de coquinhos. Leva dias enchendo e esvaziando os bolsos com os mesmos frutos. Já quase se esqueceu de que é possível preenchê-los com outras coisas. Os dentinhos brancos da menina partem o primeiro.

— Tua mãe, onde é?

— Longe, em Espanha.

— Vovó tem, você?

— Não, Mitãkuña. Tenho uma tia. E vocês, têm mamãe?

— Sim. E papai e titias e vovós.

— E onde estão?

— Perto, tchê.

— E por que não procuram vocês?

— Por causa dos teus maus espíritos. Mas estão perto, perto, tchê. Onde é Espanha?

— Longe, lá no além-mar. Querem brincar com as bolinhas?

Querem. Traçam a linha. Fazem o buraco. Atiram uma. O macaco maior a agarra e trepa com o mais novo pelo pau-santo. A Vermelha ladra para eles. A égua e o potrilho só estão interessados em andar daqui para lá. Estão tentando se desvencilhar. Uma saída do emaranhado. Olha para as suas hostes, Antonio. As meninas, a cachorrinha e os macacos, tão escapados da morte. Como ele mesmo. Igualmente fugitivos. Igualmente sobreviventes. Salvo os cavalos. Dir-se-ia que mãe e filho nunca estiveram em outro lugar, apenas em seu próprio mundo de orquídeas e leite. Orquídea, então, a mãe. Leite, o filho. Não consegue pensar em como chamar os macacos. Há de perguntar às meninas da próxima vez que o interromperem. Agora que estão brincando, pode escrever um pouco mais. Quer se mexer. Segue com a carta.

Minhas pernas cobraram vida independente, tia, e o peito e as costas e também o nariz e os próprios olhos. Cresceu meu corpo de mero desejo, túrgido eu latejava como latejavam minhas mãos, que se tornaram duras para evitar a fome. Tive de me alimentar de castanhas, querida, como se minhas mãozinhas tuas, essas que acariciavas com doçura, tivessem se separado, recortado de ti e da minha vida de filha e noviça, graças aos espinhos das castanhas que foram, junto com os cogumelos e algumas poucas raízes, a única coisa que tive para comer durante aquele caminho, que não foi um mas não sei quantos que andei de lá para cá daquela vez, a primeira de todas as marchas que empreendi, sabendo o que deixava para trás, mas sem saber o que encontraria pela frente. As castanhas se armam, cobrem-se com aquelas agulhas que são como lanças muito pequenas e defendem seu destino de castanheiro, seu desejo de fundir-se à terra cega para se desdobrar à luz, de se deixar crescer em árvore e sentir suas folhas comendo sol no sol. Devo ter tragado meio castanhal futuro naqueles dias e o meio castanhal sangrou minhas mãos que sararam, sim, mas já calejadas. O futuro daquelas sementes de castanha sou eu. E essas mãos que quando cheguei a Vitoria ainda eram macias porque as mãos terminam de ser feitas pela guerra e pelo trabalho dos homens, acreditava eu na época. Ou assim acreditei mais tarde. Por muito tempo acreditei.

* * *

— Mba'érepa?
— O quê, Michĩ?
— Mba'érepa?
— O que ela está dizendo, Mitãkuña?
— Pergunta por que come nuvens.
— Quem?
— Deus, tchê.
— Porque Ele gosta delas, como você gosta de coquinhos, Michĩ.
— Mba'érepa?
— Porque sim.
— Por que não come laranjas, hein?
— Porque ainda não tinha criado naquele dia.
— O raio-trovão já estava.
— Que raio-trovão?
— Mba'érepa?
— Como se chamam os macaquinhos?
— Yvypo Amboae e Antonio.
— Olha só. Eu achava que se chamavam Mitãkuña e Michĩ.
— Mba'érepa?
— Por causa das suas macacadas, Michĩ. Vocês têm que escolher nomes para eles.
— Tekaka.
— E o menor?
— Kuaru.

As meninas riem. Antonio se contagia.

— Cocô e Xixi, tchê.
— Mas que nomes mais feios vocês escolheram para dois macaquinhos tão lindos. Pois bem, que seja como vocês dizem. E qual é o Cocô e qual é o Xixi?
— Você é tonto, tchê. Tekaka é o maior.

* * *

Naquele dia em que entrei em Vitoria, tia, elas ainda não eram fortes como haveriam de ser e eu não sabia onde me refugiar e andei girando por ali sem que meu corpo se cansasse de andar, ainda não se cansa, sou arreeiro, já te disse, e ando sabendo para onde vou, mas naqueles dias eu não sabia até que topei com Pedro de Cerralta, catedrático de lá, que apreciou meus latins que eu achava pobres, achava que eram de missa, mas logo me vi lendo São Tomás e vestido com dignidade. Vestiu-me esse Pedro, que, soube depois, era casado com uma irmã da minha mãe. Eu não me lembrava dela, devo tê-la visto quando muito criança talvez, não foi necessário mentir que não a conhecia como menti meu nome. Queres saber qual foi o primeiro nome que escolhi? Adivinhaste? Nem Cristóvão Colombo, nem Francisco, pelo pobrezinho de Assis, nem Loyola, pelo general Iñigo. E se comprovou que foi um nome bom para o bom jovem que eu estava sendo, porque nenhum deles achou estranho o nome nem o moçoilo.

A memória, talvez saibas, é uma coisa muito deslocada: nem se recorda de forma ordenada, nem tudo o que se viveu, nem mesmo o que se pensa possuir se possui, nem pode se dar por perdido o que perdido está. Porque, tia, como saber quando se é sozinho como sozinho fui, e sou, não obstante meus animais, que são comigo, que somos juntos, e que se lembram também, é claro, mas com sua memória muda de bestas? Como saber quando as lembranças de uma nogueira, ou de uma igreja, ou de uma cozinha, ou de outras pessoas não podem ser sustentadas? Quando a vida corre como corria um rio sem curso, um caudal que vagasse caindo às cegas e às tontas onde quer que o caminho fosse se fazendo mais suave, mas se estrelando e chocando com tanta pedra angulosa que vá encontrando na encosta. Com isso quero dizer-te que me lembro de coisas que não podia ter visto quando ainda moçoila fugi de ti e quando já moçoilo fugi da própria Espanha sem saber ainda, lá na floresta, porque a ver estrelas e árvores e animais aprendi muito depois. Se os tivesse visto, então, os teria visto apenas como direções, refúgio e carga, comida ou ameaça, mas quem se lembra, aquele moçoilo recém-nascido dos teus contos, da tua chave, de cada chuleio do vestido novo, ou este arreeiro que leva uma carga de tecido, que marcha ao lado das suas bestas e com elas se aquece nas noites que, deves sabê-lo, aqui às vezes são frias e bem úmidas e

— Ei, você: por que não come cocô e xixi?
— De novo...
— Deus, o papai de Deus.
— Mba'érepa?
— Não deve gostar de macacos, Michĩ.
— Nde japu! Cocô e xixi de verdade, tchê.
— Porque ele ainda não tinha criado.
— Mba'érepa?
— Porque não.
— Agora ele come?
— Por que você não come?
— Jatu, tchê. Não como nuvens.
— Mba'érepa?
— Ar são, tchê.
— A comida, quem traz é sua mãe?
— Não, tchê.
— Quem traz?
— Ka-ija-reta, não conhece eles, você.
— Quem são?
— Os donos da floresta. O espírito da anta, da jaguaretê, da jacutinga.

— Os espíritos não trazem nada.
— Mba'érepa?
— Porque não existem, Michĩ. São superstições, coisas que Satanás põe dentro da sua cabeça.
— Quem é Satanás?
— Vão passear um pouco.

Michĩ se levanta, anda sozinha. É a primeira vez que ela faz isso desde que está com Antonio. E desaparece. Como se tragada pelas folhas. Como se tivesse ficado verde. Há dois dias, não conseguia nem sustentar a cabecinha. Se recupera rápido. Ou foi engolida por uma jaguaretê silenciosa. Ou se tornou cobra. Ou pássaro. Um grande frango-d'água acaba de passar. Azul, azul. Já ouviu falar que esses índios sabem fazer coisas assim. Converter-se em animais ou plantas. Não acredita nisso, então vai procurá-la: não gostaria que alguma fera a almoce. O espaço que se abre à sua frente é difícil, se o que se tenta é encontrar uma menina pequena. Ela poderia se esconder atrás de qualquer tronco de pau-santo. Dentro de um yvyrá pytá, que são árvores vivas que têm os troncos ocos. Em cima de qualquer árvore. Debaixo de qualquer enredadeira. Atrás de um guaimbé, uma dessas plantas com folhas tão enormes como dedos se houvesse mãos verdes de vinte dedos e com buracos, que crescem por toda parte. Para o lado do palmital com certeza não foi, ele a veria. Ele caminha e a chama. Uma folha de guaimbé se move, acima, na copa do yvyrá pytá. Lá está, escuta sua respiração. Sobe. Há uma jaguaretê dourada como se a abraçasse o sol. Espalhada em um grande galho. Michĩ dentro de sua luz. Enrodilhada em seu ventre. Parecem uma estrela. Não pode ser. Não é. Agora ele vê a menina sozinha subindo mais alto. Permanece sentado, esperando que se aborreça. Se aborrece. Descem. Está exausta. Ela o abraça. Ele a carrega nas costas. Terá uma febre dos trópicos? Como é que viu a pequena com uma tigresa? Continua escrevendo, Antonio, e esquece das febres e da tigresa.

* * *

    Recordo hoje, tia, e é por isso que te relato recordações de coisas que não existiram de todo quando me sucederam. Do tal Cerralta não é muito que me lembro, salvo que se afeiçoou a mim e eu a ele; apreciava, dizia, minhas leituras em latim, minha diligência, e eu sua certeza de estar falando com um moço e seus regalos. Temia a morte, Cerralta, temia secretamente que não houvesse nada além deste mundo ou que o outro lhe fosse ingrato, disso não me lembro, disso eu entendo hoje enquanto te escrevo estes fólios e como frutas tão saborosas como nunca provastes, que este mundo novo é velho e tem árvores antigas e antigas selvas pródigas em delícias, não consigo encontrar uma maneira de escrever esses sabores, essas delícias que são as Novas Índias na boca. Quero falar-te do temor da morte, aquilo que fazia Cerralta sofrer, e compreendo hoje, mas não compreendia em Vitoria tantos anos atrás quando o tal meu tio, que ignorava sê-lo, me submetia a ler-lhe uma vez e outra, e mais setenta vezes sete, as mesmas palavras em latim, as de São Tomás de Aquino, tu haverás de recordá-las mesmo que não sejam das histórias que preferias, gostavas delas, continuarás gostando?, as do mundo cheio de oceanos e navios e animais exóticos e árvores altas até o céu e frutos que explodem pletóricos de sucos e estrelas se movendo como se movem os pássaros. E todos eles concertados em danças imensuráveis para a maior glória de Deus Nosso Senhor. O amor do mundo diz que sim, mas não era isso que eu lia para Cerralta, o que sofria o temor da morte, ou, dizendo melhor, da vida após a morte. Ao fim e ao cabo, isso vem a ser a morte, não é, minha querida? Ele me fazia vociferar-lhe as passagens da Summa Theologiae de como será o mundo depois do Juízo, disso sim eu me lembro, embora não me recorde se as palavras são estas mesmas: "Todo o mundo e também os astros do céu foram criados para o homem, mas quando ele for *glorificado não terá mais necessidade dessas influências e movimentos dos astros que agora alimentam aqui o desenvolvimento da vida: por isso, os movimentos dos astros então cessarão".* Acreditas que todo o mundo foi criado para o homem, até os astros do céu? Não terá sido todo o mundo criado para todo o mundo? Ou o homem para os astros? Ou os astros para as árvores e as árvores para as pedras?

Cerralta não achava fácil imaginar esse Mundo dos Justos com os astros que estariam quietos: "Há de ser assim, Francisco? Estás lendo o que está escrito?". E ele os tirava das minhas mãos e me fazia traduzir cada palavra e aí sim, que o mundo será mui, muito mais luminoso, Cerralta assentia, para que os homens possam ver Deus, "Homem, claro, se é para isso que o Juízo é feito, para ver Deus Nosso Senhor", afirmava com certeza que o consolava e se punha de bom humor e me instava a continuar. Interrogava-lhe eu se não lhe parecia mais prudente falar de tão graves questões com um prelado, ao que ele me contestava: "Filho, é isso que eu faço, falei já com dezenas deles e, sabes, me respondem coisas distintas, mal se encontram seus ditos na contemplação de Nosso Senhor por parte dos Justos", e me animava a seguir lendo e eu seguia, era esse o meu trabalho. E, quando chegava à parte de "Então já não haverá necessidade de animais nem de plantas, pois eles foram criados para conservar a vida do homem, e o homem então será incorruptível", "Vós credes, senhor, que o mundo há de ser quieto e vazio?", lhe perguntava eu.

— Ei, você.
— O quê?
Mitãkuña tapa a boca dele e aponta para cima. Uma vibração. Uma agitação do ar.
— Aqui é. O raio-trovão.

— É um colibri.
— Um raio-trovão.
— O que o raio-trovão faz?
— Fogo faz. Quando fica irritado.
— E quando está contente?
— Voa e come das flores, tchê, não está vendo, você.

O pássaro, um milagre à sua maneira. Iridescente. Tão veloz e tão quieto. Move as asas com tal velocidade que não se veem. E fica suspenso no ar até ir embora. Ir para as flores.

Que não sabia, me dizia, querida, que para ele também tirava a paz essa imagem do mundo deserto, porém mais a tirava a questão de como os corpos haveriam de ressuscitar: inteiros? Com língua para falar? Necessitariam falar os Justos como necessitamos falar nós, mortais, para nos entendermos? E que necessidade teríamos de nos entender quando já não tivéssemos necessidade de nada? E no caso de um ladrão cuja mão houvesse sido cortada em punição pelos seus pecados, ela seria restituída ao seu corpo na ressurreição? E a costela de Adão, da qual saiu Eva, será parte do corpo de Eva ou será devolvida a Adão? E, essa era uma das angústias maiores do meu tio, dado que não teríamos necessidade nem apetites, e como não haveria mais morte não haveria nascimentos, o corpo ressuscitaria com as partes da concupiscência cortadas? Ou só inúteis?

Tia, o velho se punha bravio. Apertava as partes, jurava nunca mais pecar, o que ele espremia se inchava e ele continuava jurando e pedindo a Deus que o perdoasse e ele fugia. Para a catedral, soube depois, para confessar o seu. Os primeiros meses ali foram desse teor, as tardes de leituras e perguntas e mais leituras e mais perguntas e Cerralta pedindo ao Senhor para salvá-lo de si mesmo, enquanto seus olhos se entrecerravam e se molhavam e ele se apertava mais forte e saía correndo. Me dei conta de que não seria possível ficar ali por muito tempo; decidi esperar o inverno passar, na crença de que o frio faria sua parte sobre as febres do meu tio, mas estava errado: as angústias e os apetites de Cerralta se fizeram mais prementes com a escuridão e a neve.

Por causa das primeiras, das angústias que lhe dava o temor da morte, quis me obrigar a tomar estudos para que pudesse eu responder às perguntas dele, o que eu não queria. Eu queria andar, e não ser letrado; se eu quisesse isso, teria ficado contigo, ouvindo tuas histórias e governando ao teu lado com minhas calças sob o hábito. Não só letrado ele me quis, suas inclinações eram outras, mas prefiro não te infligir a dor de conhecer os vícios dos teus parentes, porque Cerralta era casado com uma das nossas, uma das minhas. Te bastará saber, te basta?, que fugi dele antes do fim do inverno, quando ele parou de correr para a catedral angustiado pelos seus ardores, caiu presa dos seus apetites, e seus apetites, insaciáveis como eram, necessitavam de presa nova e me escolheram. Me fui da casa dele, mas antes tomei-lhe uns trocados. Pouco a pouco, fora perdendo toda a afeição por ele e, quando me vi obrigado a trancar a porta da minha recâmara, não lhe dedicava nenhuma. Fazer valer minha honra ter-me-ia custado a vida de andarilho que apenas começava; só consegui recolher esses poucos trocados que encontrei e partir em uma noite tormentosa, sabendo que ele também temia a água, temia a morte pela água ou por raio, e esse pavor era mais forte do que suas febres, pelo menos em meados de janeiro. Não pude, não quis correr o risco de que fevereiro o fizesse perder o medo de tudo que não fosse ser satisfeito.

— Tchê, Antonio.
— O que você quer agora?
— Quem é Satanás, você?

— Não, não sou eu, Mitãkuña. É o anjo caído.
— O que é um anjo, tchê?
— Bem... um mensageiro de Deus. São como homens com asas.
— Onde são?
— No céu, com Deus.
— Você viu eles, tchê?
— Não, quase ninguém consegue vê-los. Só os escolhidos.
— Como Ka-ija-reta, você.
— Não, é diferente.
— Nahániri.
— Mba'érepa?
— Porque diz na Bíblia, Michī, que é a palavra de Deus.
— Mba'érepa?
— Vocês querem um pouco de ubajay?
— Ai, tchê, procura outra coisa.
— Procurem vocês. Vão cantando, assim eu sei que vocês estão bem, mesmo que eu não veja as duas.

Rapidamente me combinei com um arreeiro, tia, um como eu, que me levou por poucos reais junto com sua carga: uma carroça com o chão de feno e de galinhas pleno. Recordo, isto sim, que deram uns ovos, e foi isso e queijo que comemos pelo caminho quando não jazíamos, galinhas, arreeiro e eu, embaixo das mantas. Recordo que foram longas e muitas aquelas léguas que me tiraram pela primeira vez da Biscaia, e que eram alaranjadas e pretas as galinhas: as peninhas se colavam às minhas vestes, davam-me tosses e o arreeiro ria como eu rio agora enquanto te escrevo em letra de fôrma este fólio e as borboletas, é de manhã, estão despertando do seu sono arracimado nos galhos das árvores e nas lianas. Agora mesmo estou muito quedo e meus animais quedos, todos eles, minha égua, seu potrilho, minha cachorra a Vermelha, ainda não te falei dela, acho, é estranho, haverá tempo. Quedos todos estamos e encantados: chegaram as borboletas. Nunca vistes tantas, eu não tinha visto tantas até ontem, eram algumas, depois mais, então me vi envolto em uma nuvem de borboletas tão grandes quanto punhos e pequenas como abelhas, algumas alaranjadas e pretas e outras azuis, algumas verdes e outras vermelhas e outras violeta. Vimo-nos envoltos em uma nuvem delas, que faziam seus pequenos voos. Voam de maneira diferente dos pássaros as borboletas, sobem e descem e se detêm no ar, e não obstante avançam imersas no ar amarelo e entre as folhas e os galhos da floresta, e cintilam suas asas: o sol se reflete nelas e se aveluda, o ar se faz suave e, com o ar, tudo. Vão daqui para lá, de uma flor a outra, e entardece e elas começam a pousar nos paus-santos e nos coqueiros-pindobas e chegam as mais atrasadas, as que não temem o frio e vão sem hesitação a um galho em especial de tantos tão cheios de borboletas que há aqui e quando estão prestes a pousar entre as outras, já não parece haver espaço para mais uma, então sim hesitam: voejam no ar por alguns instantes como se tivessem medo de quebrar o galho e com seu levíssimo peso parece impossível, mas, tia, deverias ver os galhos como se dobram ao chão sob o peso de tantas. E o próprio chão cheio de borboletas deverias ver, porque há também as que morrem aqui.

    Acreditas que o Mundo dos Justos poderia ser sem animais e árvores? Pura rocha? Um deserto, querida minha, um deserto imensurável, feito de pedras, desnudas todas e abrasadas pelo sol. Poderá estar equivocado São Tomás? Muitas vezes Cerralta me fez lê-lo: diz isso que te escrevo, tia, me lembro bem.

    Se sobressalta. Tekaka subiu em seu pescoço. Joga um galho aos seus pés. Tem frutos bordô, amarelos, laranja, vermelhos.

Pequenos. Kuaru começa a comê-los. Antonio se anima. O sabor é suave, refrescante. Come mais. As vozes das meninas se aproximam. Sentam-se ao redor do galho e mordem os frutos.
 — Essa também não é tua laranja, hein, Antonio.
 — Mba'érepa?
 — Porque é pytangy, Michĩ.

12.

Sentado na penumbra de seu gabinete, roía as unhas o capitão. A luz do candelabro lhe caía avessa, em diagonal. A calva cintilava sob o arbusto de cabelos esparsos. Atrás dele, a ponta do escudo e a coroa dourada emolduravam-no de ouro e pérolas. Foi ferido pelo raio que partiu da calva do capitão: levantou a mirada para entender o que havia de errado com o idiota do secretário que não obedecia à sua ordem.

— Entra, seu néscio.

Antonio deu alguns passos, aproximou-se um pouco mais da mesa repleta de papéis escritos na caligrafia elegante do império. Palavras fortes que dão a vida para uns e a morte para outros. Para uns o ouro e para outros a fome. Restou-lhe o olho direito ferido, com um fio d'água. E a questão de saber se seu capitão lustrava toda a careca antes de pentear o cabelo para a frente todas as manhãs. Com que unguento ele conseguiria isso. Que capitão coquete e que militar! Esse lustro é de munição. Antonio estava admirado, mas baixou a cabeça e avançou os passos que lhe faltavam. O sujeito outra vez estava gritando néscio. Temia ofender o chefe, mas as mãos se rebelaram. Defenderam suas narinas do fedor. Fechou a boca para não vomitar. O capitão levantou. Pegou o candelabro — se desvaneceu o escudo do sacro império — e iluminou uns vultos cobertos por panos pretos. Puxou os panos. Antonio entendeu. Ali havia duas jaulas. Dentro de uma, um macaco gordo, um muito fraco e outro raquítico, já morto. Na outra, uma criatura muito pequena e magra como um fio de arame. Michī. Os ossos lhe branqueavam a pele. O capitão falou com tristeza na voz:

— O que tens diante dos teus olhos é tudo o que resta de um grande homem, de um bom amigo, o santo bispo. Toda a sua herança! Vaidade de vaidades! A vida inteira, e o que resta?

O que estava vendo Antonio parece que era o que restava. Criaturas e macaquinhos em jaulas cheias de moscas e de excrementos.

— Um experimento é a herança do prelado, que era um homem de ciência. Fez muitos experimentos. Sua vida estava consagrada à adoração ao Senhor. Com os experimentos, querido Ignacio, ele me dizia, conhecemos melhor o mundo que Ele fez. E conhecer Sua criação é adorá-lo. — O capitão se interrompeu. Se conteve. Mas, com o hálito, lhe escapou um mui emocionado: — Ah, querido amigo meu.

Mais um pequeno silêncio. E continuou.

— O bispo bem sabia que os índios têm alma, poderia não ser evidente, secretário, olha só para essa aí, mas tampouco evidente é a ressurreição de Cristo, e nem por isso deixa de ser a maior verdade do mundo. O que o prelado não sabia era se esses da selva tinham cabeça. Claro que ele as via, mas não sabia se usavam a cabeça que carregavam nos ombros e também duvidava de que tivessem cabeça de hierarquia: os macacos tinham. O morto é o soldado raso, o magro é o alferes e o gordo é o capitão. O bispo considerava que se quisessem teriam exército, quer dizer, reino, ouro e leis, os macacos-prego. Por outro lado, essas bestas nem sequer mortos de fome e sede conseguiam se organizar, dividiam igualmente as migalhas e as gotas. Os outros dois quase morreram. Ou morreram e ele lhes deu cristã sepultura, não sei. Que inteligência era essa? Todos mortos onde poderia haver um vivo. Não sabem fazer contas esses índios que há na selva — afirmou pesaroso o capitão. Embora logo tenha se alegrado:

— As selvas são nossas.

— Senhor, sem dúvida alguma, senhor, vencemos e venceremos estes e todos aqueles que ousarem resistir à nossa força, que Deus nos dá para que possamos propagar Seu Santo Nome por todo o orbe e salvemos as almas dos selvagens para o Seu Reino.

— E para o nosso, secretário — riu-se o capitão, e Antonio lhe fez coro.

— E como termina o experimento?

O capitão não sabia e, ai, não tinha mais o amigo para lhe perguntar. Era dia de grande luto, não conseguia pensar nisso. Talvez a deixasse ali até o fim. Talvez a soltasse no dia seguinte. Talvez ele também fizesse ciência. Como se cria o servo perfeito? Um que nunca o traia.

— Até Deus foi traído pelo seu povo, capitão.

— É verdade, é verdade. Mas Deus dá livre-arbítrio. E eu não sou Deus e não dou nada de graça.

— E os macacos, eles também haverão de ser servos?

— Não sejas atontado. E para de me distrair. Vai fazer tuas coisas, secretário, e deixa a ciência para mim.

Ordenou-lhe que se ocupasse de todos aqueles papéis, enquanto algum dos pelotões chegava com um cura para dar uma missa digna ao pobre bispo que já era carne de vermes. Que vigiasse as duas jaulas, ordenou também, pois não queria que fossem roubadas. Antonio já estava sentado. E não lhe replicava mais que sim, senhor. Claro, senhor. Como vossa mercê diz há de ser, senhor. Pensando que imbecil esse tipo, quem ia lhe roubar índios e macacos? Nessas terras novas está cheio deles e quem os quiser os tem, seria como roubar galhos na selva. Leu todos os papéis, *vai andando a Virgem pura do Egito a Belém.* Começou uma ordem. Montanha de pedidos dos senhores nobres, *e no meio do caminho, o Menino sede tem.* Montanha de *criollos.* Montanha de contas em dever e haver. Montanha por pagar. Prebendas senhoriais. Ordens do vice-rei e dos comandantes. *Ceguinho, ceguinho, se uma laranja me ofertar.* Trabalhou e trabalhou mui diligente. Já quase acostumado com o fedor mefítico. Que sorte que nem os macacos nem as crianças morrendo de fome fazem ruído algum. Restava-lhe uma montanha, a das urgências. Encarou o desafio de acomodá-las por prioridade, com que critérios, *para a sede deste menino um pouquinho saciar.* Antonio ouviu-se cantar e se deteve. A sede deste menino. Ele não havia cumprido sua promessa à Virgem do Laranjal de modo algum. Nem tinha escrito a carta. Nem tinha evitado a execução. Nem tinha acompanhado realmente seus réus. Nossa Senhora o fizera ver e lhe salvara a vida. Não havia promessa cumprida que alcançasse. Sem falar em promessas a cumprir. Ele teria de fazer-lhe duas. Ou melhor, três. Como as Três Marias. Que são três e não uma nem setenta. Bom, ia ter que pensar bem naquilo. Do que estava certo era de que na jaula havia uma menina muito pequena com muita sede, bem esclareceu o capitão. Poderia trazer-lhe laranjas. Era boa ideia. Se alegrou. Se dispôs a procurar uma laranjeira. Melhor seria partir logo, já que era difícil encontrar uma nessas selvas cheias de frutos silvestres e inebriantes, mas com poucas laranjas e laranjais. Quantas laranjas seriam suficientes para cumprir a promessa? Voltou a cantar com sua voz diurna, a de tenor, encarou os versinhos para saber. *A Virgem, como era Virgem,/*

não levou mais que três./ O Menino, como era menino,/ quer todas de uma vez. A Virgem se contentava com três, raciocinou. Mas o menino *quer todas de uma vez*. Entendeu súbita e certeiramente que havia de obedecer ao Menino, que é Deus feito carne, e além disso a Virgem, que é a mãe daquele Menino e de todos os do orbe, que é inclusive mãe dos índios mais brutos, saberia apreciar que dessem prazer aos seus filhos. Já tinha um plano. Haveria de levar a menina a um bosque de laranjais que ele pensava ter visto em plena selva, antes que o prendessem, a umas dez léguas da aldeia. Quem sabe como chegou até ali. Deve ter sido um eremita com tendência hispânica. Ou um desertor. Ou talvez outro milagre o pôs em seu caminho para que pudesse cumprir de maneira insuperável a promessa feita à sua Virgem do Laranjal. Depois do funeral, beberia com o capitão, falaria com ele em basco, cantaria canções daquela mãe pátria da qual sentia saudades. Seus prados tão verdes. A gente que fala na língua com que sonha. A menina de seus olhos e sua mulher. Colocaria uma erva dormideira no cálice nobre caso o milico não sentisse tantas saudades. E caso o vinho lhe desse mau sono. Levaria a menina. E cortaria laranjas para ela até que se fartasse. E então voltaria a pô-la na jaula do capitão, que ainda estaria dormindo e não notaria nada. Antonio teria cumprido mesmo que fosse apenas a primeira das promessas que devia à sua Virgem. Terminou seu trabalho. Se levantou. Deu um pouco de água a Michī. Ela sentia medo, mas a sede a venceu. Teve que dar na sua boca. Antonio estava muito contente. Era evidente que estava morrendo de sede. Também era evidente o que o capitão lhe dissera. Nunca seriam um exército. Nunca um império. Nunca fundariam novos mundos. Que pobres índios tolos! Quem poderia culpá-los, a ele e aos seus, de subjugá-los?

13.

As meninas estão voando, abraçadas ao pescoço da tigresa estrela. A tigresa se lança em cima de Antonio. Com as garras abertas. Os dentes ao vento. Rugindo. Sente a língua no rosto e, espada na mão, levanta o braço para acabar com a alimária. Estava sonhando, acredita. Ele a vê a tempo. Em um instante que de tão pequeno se diria inexistente, consegue conter a força. A espada corta branda alguns galhos ao lado da Vermelha, que tem a cara grudada à dele e lhe mostra os dentes. Percebeu a violência inicial de seu gesto. Agora percebe que não há risco. Sua língua o despertou. Todo o rosto lambido, pegajoso, é o de Antonio. Do chão, ele vê as miradas espantadas e redondas fixadas nele, as pestanas arqueadas da cachorra, de Mitãkuña, Michī, Kuaru e Tekaka. Os únicos que parecem não esperar nada dele são Orquídea e Leite, que estão caminhando perto da margem do rio. Os capinchos — seus corpos semiesféricos, suas patinhas hábeis —, assim que os percebem, permanecem quietíssimos na posição em que estão. Um deles está com o pescoço estirado em direção a uns matinhos. O outro, uma pata no ar. Mais um, as duas patinhas no gesto de aproximar algumas folhas da boca. Como os cavalos não se detêm, eles procuram um sendeiro para continuar caminhando, optam por afundar no rio em debandada. Plop, um dos maiores. Plop, plop, plop, os pequenos. Plop, o outro maior. Mitãkuña diz:

— Fome, tchê, você.
— Antonio. Eu tenho leite de égua.
— Ai, hein, você, Antonio. Faz fogo.

E se vai com a Vermelha. Antonio procura galhos, folhas, sementes secas. Rapidamente aviva as brasas. A menina volta com um pote de terracota cheio de ovos enormes, azul-claros com manchas pretas, de que ave serão?, e frutas. Mitãkuña dá o pote a Antonio, que entende que tem de cozinhar. Ovos cozidos faz. Põe dois em cada cumbuca de coco. As frutas ele as parte e as reparte em porções iguais, incluindo Kuaru e Tekaka. Dá um ovo cru para a Vermelha. Comem juntos ao redor do fogo. Mitãkuña e Michi parecem ouvir algo. Algumas vozes poderiam ser. Os índios. Perto. Ou longe. A julgar pelo pote e pelos ovos, perto, pensa Antonio, que dormiu muito pouco, escreveu tanto para a tia, mas ainda é capaz de calcular distâncias. Um pote com ovos é uma indicação clara de proximidade. Ou não. Poderiam tê-lo trazido e ido embora. Não importa para ele, desde que lhes mandem comida. As vozes das meninas são doces. Como uma carícia quando pensava que ia morrer sozinho. São muito doces. Movem os pés e a cabecinha. Cantam. Suas bochechas se encheram um pouco. Não são feias. São formosas. Antonio contempla o rostinho delas. Suas mãos. Suas barrigas arredondadas. Estão melhorando muito rápido. E lhes cairia muito bem um banho. Quando parecerem cansadas, há de levá-las. Vão oferecer menos resistência. Tem razão. Chegado o momento, não se queixam. A menor, ele carrega nos braços. Ainda está um pouco debilitada. Ou ele se afeiçoou a ela. No rio, sustenta a cabeça dela e a base das costas. Michi sacode os braços e as pernas. Afugenta as bogas que se mostram como se mostram os raios do sol formando círculos dentro da água que se diria verde se não se dissesse transparente. Ela se ri e salpica Antonio. E os macacos, que derramam água na própria cabeça. Quando voltam para a margem, aperta suas mãozinhas na nuca de Antonio. E o abraça. Cheira a cachorrinho. Ele não sabe como sabe, quando parou para cheirar filhotes, crianças? Mas é cheiro de cachorrinho. Orquídea e Leite se afastam. A margem do rio. Essa franja pequena sem folhagem. Eles irão por esse caminho. Não sabe se deve amarrá-los. Não. Qualquer outra fera os comeria. Vai precisar deles depois. Buscará outros se forem embora, decide. A Vermelha, que não enfiou nem uma pata no rio, soma-se ao contingente abanando o rabo. Vão para o fogo. Antonio procura mais palmeiras e galhos. Ele os apoia em uma liana que traça um círculo a uns três passos das raízes do yvyra pytá, que lhe serviram de cadeira até agora. Arranca um toco fazendo alavanca com um galho muito duro. Mudam de árvore. Esta será melhor para as sestas. É oca e há em seu interior um ar fresco. Em nenhum outro lugar da selva, exceto nessas árvores, há isso. Quanto trabalho! Que dor nas costas! Como lhe cai o suor nos olhos! Como se colam nele as abelhas sedentas de água salgada! Como o picam os mosquitos e biriguis! Como é que acabou assim, cuidando de meninas e passeado por insetos de toda laia. Mitãkuña o ajuda. Põem um círculo de pedras no centro da casa. Antonio leva as brasas. Têm mesa e fogo. Amanhã há de fazer a porta. Isso está bom, pensa Antonio. Já chegará o almoço. Apoia as costas em sua árvore cadeira. O tinteiro na mesa nova. Se dispõe a escrever.

Pensei que ficaria sem mãos, tia, no caminho para Valladolid. Era tanto o frio que dormíamos todos, inclusive as galinhas, abraçados sob muitas mantas, a maior delas servia de teto sob o toldo de couro para enredar o frio, e as menores nos envolviam como se fôssemos lagartas. Também dormíamos, o arreeiro e eu, sob as galinhas e com as galinhas entre nós dois e também com as galinhas às nossas costas. Sabes quanto uma galinha pode aquecer no inverno? E trinta galinhas? E já reparaste que as miradas das aves sempre parecem nervosas? Há de ser porque elas são forçadas a mover toda a cabeça porque têm os olhos para os lados. As corujas, que são aves mas têm os olhos na frente, parecem calmas. Uma galinhazinha jovem tinha se afeiçoado a mim, me seguia mesmo quando eu ia fazer minhas coisas privadas. Me respeitava, ficava como se estivesse de guarda, movendo sua cabecinha de um lado para outro e dando passinhos pequenos, deixava-me um metro de privacidade, mas assim que eu subia as calças e dava meus passos, ela corria loucamente, voejando, movendo tanto as patas como a cabeça ou talvez mais a cabeça, levantando esses voos curtos, como desordenados, engraçados das galinhas. Eu a agarrava depois de um tempo brincando com ela, corria atrás de mim, eu corria atrás dela, punha as mãos entre suas penas e ela as chocava e acho que foi assim que cheguei com dez dedos a Valladolid. Agora que a recordo, que recordo de todo o ar quente que guardava entre suas penas, me pergunto se as galinhas dificilmente voam porque suas penas servem tanto para essa outra coisa, e digo-me isso e pergunto-me por que dei para pensar que uma parte do corpo deveria servir para fazer uma coisa em detrimento das outras todas. Pensa muito o homem solitário, aquele que atravessa os caminhos junto a suas bestas, pensa muito embora cante, leia e escreva cartas para sua tia.

— Ei, você.
— O quê?

— E Satanás?
— Satanás o quê?
— Quem é?
— Um anjo mau, Mitãkuña.
— Tem asas?
— Sim.
— De que cor?
— Brancas. Não, não, pretas e vermelhas.
— Nde japu! Alaranjadas são, tchê.
— Mba'érepa?
— Porque não existe, Michī.
— Voa?
— Sim.
— Rápido?
— Mais do que o raio-trovão, Mitãkuña.
— Faz fogos, tchê?
— Muito. O inferno é um lago de fogo.
— O que é o inferno?
— O lugar onde os pecadores vão viver depois da morte.
— Quem são os pescadores?
— Vocês trouxeram as frutas?
— Nahániri.
— Então tragam.

Me assombra esta galinha aparecida na minha memória como do nada, com todos os seus detalhes, tantos anos depois algo a ilumina e a resgata da minha névoa espessa do esquecimento e aqui a vejo como se a tivesse diante dos meus olhos, como se pudesse proteger minhas mãos na sua plumagem agora mesmo. Também me assombra que me apareçam as flores dos castanheiros, nascem na minha cabeça como pintinhos quebrando a casca, qua-

se as vejo, rompe primeiro a ponta do penacho, rosa, rosa intenso mas daquele rosa que tem um pouco de azul de lá, tudo de lá vem à minha mente com um ligeiro tom azulado, até o branco, até o laranja, até o amarelo, querida, mas depois vejo as pequenas pétalas uma a uma como se de um jorro de leite se tratasse e cada pétala fosse uma gota: aqui está o penacho inteiro e por fim a casca fica feito nada e me aparece o castanheiro, como uma árvore com grinaldas, como lá as põem nos dias de festas, vejo o castanheiro florido e todo o castanhal engalanado como para uma festa na Corte ou como o céu à noite, cheio...

Frutas caem a seus pés.
— Toma, tchê. Por que é ruim?
— Satanás?
— Sim, tchê.
— Porque não quer obedecer a Deus. E engana os homens para que cometam pecados e vão para o inferno.
— Mba'érepa?
— Porque ele não gosta de ficar sozinho, Michī.
— Eu também não. Você?
— Às vezes, sim. Agora, por exemplo. Me deixe continuar escrevendo, Mitākuña.

... de estrelas. A primavera chegava antes do tempo a Valladolid e não me lembro disso, mas tenho certeza de que vi o castanhal pensando em ti: era essa a primeira vez que florescia sem que o mirássemos juntos. Despedi-me da minha galinhazinha que seguiu seu caminho para a nova morada junto com as outras com quem sempre convivera. Eram uma herança, o que restava de um homem, aquelas galinhas formosas. Quem sabe o que restará de mim, tia. De ti restará o convento. E talvez eu.

14.

Saiu para ver se tudo estava tão magnífico quanto é mister no velório de um grande bispo. Depois de algumas horas no gabinete umbroso, a luz o lastimou. E em seu olho direito ainda ardia a ferida feita pelo raio que partira da calva do capitão. Resignou-se a estar caolho pelo que restava do dia. Ainda assim, antes mesmo de ter percorrido a metade da praça, pôde ver a igreja rebentando de flores. As pétalas sedosas procuravam voltar ao sol, estendendo-se desesperadas até alcançar a porta e o campanário. Não estava muito seguro de que essas flores bárbaras, carnudas e sensuais como sexos amarelos, fúcsia, violeta, turquesa e azuis fossem as indicadas para a cerimônia lutuosa. Seus cálices viscosos. Suas sépalas brilhantes. Suas pétalas internas cobertas de pólen. Seus labelos intensos. Eram todas incitamento, chamado, turgência colorida e luxúria essas flores. Entrando na igreja, sob as mil velas, os cálices cheios. As abelhas alegres libavam e zumbiam. Arco-íris esverdeados e bicos vorazes de colibris que vibravam como aparições. Rãzinhas vermelhas de máscaras pretas que coaxavam de quando em quando enquanto descansavam plácidas. Encheram a igreja de selva. Ele não teria ficado surpreso se os macacos-prego dessem a missa. A igreja estava pronta para as bodas pagãs de um príncipe infiel. Escutou um barulho. Chegaram dez curas. Soaram os sinos. A nuvem de abelhas, colibris e rãs fugiu da igreja. Ficou suspensa por um instante entre o pórtico e o campanário. O ar estremeceu. E partiu. Era uma debandada de todas as cores no celeste diáfano do céu e chamava a atenção de toda a gente, como se tivesse aparecido um fantasma dançando. Antonio fechou a boca. Mastigou duas moscas. Se concentrou. E ordenou que trouxessem o bispo no palanquim que fizera cobrir de panos pretos e lustrosos com cruzes de fios de ouro bordadas pelas índias com grande esmero. Vestidos de gala e a passo marcial avançavam oito soldados, suportando o peso de sua santidade. Começou a música, as harpas que tocavam a ave-maria. Embora mais parecessem tocar a música dos rios daqui. Os indiozinhos cantores afinavam a voz. Todos sentiam como se estivessem escutando o Menino cantando em Belém. Uma mancha cinzenta no céu avançou veloz. Tornou-se iminente. Tomou todo o ar, os verdes lampejos verdes de toda a selva cheios de amarelo sob o céu de chumbo, e descarregou um raio. O trovão silenciou todos os outros sons. E, liberando um peso enorme, começou a chuva. Os dez padrecos que estavam no átrio, um em cima do outro, deixaram de cantar. Silenciaram o coro e desceram correndo. Cinco se meteram nos confessionários. Os outros cinco se ajoelharam. O trovão, sabe-se, é a voz de Deus, e dez dos dez temiam acabar como o pobre bispo com um pé no inferno. Revezaram-se, velozes, e absolveram-se de tudo. Até o jesuíta que pecou com a mãe, e contra a natureza!, ganhou o perdão sem mais penitência do que dois pais-nossos. Absolvidos, voltaram ao altar. Os indiozinhos cantavam. Antonio também cantou. Levantou-se. Ajoelhou-se. Levantou-se de novo. Beijou o homem ao seu lado. Não precisava ter a cabeça ali para fazer isso. Sabia de tudo como todos. Na repetição há, às vezes, consolo. Mas não necessitava dele. Ou sim: entristeciam-no as flores que haviam murchado no tempo que leva para o trovão chegar depois do raio. Pensou que elas tinham murchado um pouco de tristeza por terem sido abandonadas pelas abelhas, colibris e rãs. E outro pouco de asco. Se até seis soldados tinham desmaiado. E o capitão-general estava pálido. O bispo fedia e a única coisa que se podia fazer era rezar para que os dez curas não fizessem dez sermões. A cova já estava aberta. E até que os mármores chegassem, um tablado lavrado pelos índios marcaria o túmulo insigne. Com seus doces anjinhos e sua cruz cheia de flores. Suas samambaias carnosas e seus pássaros. Antonio aguardava o fim da missa. A copiosa ceia. As doces canções que cantaria para o capitão. Os suaves sonhos narcóticos que a dormideira lhe daria. As provisões que levou para a estrada. O laranjal. E sua menina que haveria de saciar sua sede.

15.

Está se balançando há um tempo. Percebe quando, as costas levemente inclinadas para trás, uma formiga-tigre o pica. Entende que a selva dá e a selva pede. Já não o inquieta tanto como no início entregar pequenas partes de sua carne. Pensa um pouco nisso. Conclui que nunca o inquietou demasiado. Se o tivesse inquietado, não teria o corpo como o tem. Volta para a mordida da formiga. Para o vaivém que não parou nem mesmo com a dor. Para a música que o embala. O que está ouvindo é música. Um canto constante. Feito de uma voz solista e muitas outras. Instrumentos que soam como mananciais caindo entre rochas. Um ritmo de golpes na terra. Está vibrando, Antonio. Não sabe quando o canto começou. Um pouco como a música da selva. De repente se está dentro dela. Por momentos, pensa que vem do leste. Ou do oeste. Ou do sul. Ou do norte. Sensatamente infere que vem do mesmo lugar que a comida e que, se quisesse, poderia encontrar a fonte. Não quer. Como de querubins são as vozes, embora seja língua de índios. São os índios dessa selva. Hão de ser crianças. Ou mulheres de voz muito aguda. Canções de paz, deduz. Suas crianças também cantam. Sabem de memória o que o coro está afinando. De todos os lados vem o canto. Até de baixo, da terra. Devem estar pisando forte. Ou golpeando-a com paus. Usam-na de tambor. De instrumento. Como se fosse um darbuka que ele tinha visto os mouros tocarem em Sevilha. O solo inteiro vibra e Antonio, alegre, assobia. Gosta daquilo. Decide que vão cantar todas as manhãs. Ele lhes vai ensinar algumas canções em basco. Poderia ser essa sua nova vida. Cantar com as meninas em seu país. Voltar a Espanha. Inclusive ao convento, com a tia. Poderiam viver juntas lá. Embora bem que ele ficaria aborrecido trancafiado entre freiras, mesmo que fossem lindas freiras. Então continua cantando. E depois volta a escrever. Haverá tempo para pensar no que fazer da sua vida. Mas não vai voltar para Espanha.

Palácios e catedrais e tribunais e mais palácios e abadias régios, tia, e um rio caudaloso, o Pisuerga, que dá o verde a Valladolid brotada toda ela em folhinhas suaves no meio da meseta áspera e árida de Castela, mas não creio ter apreciado isso então. O moçoilo que eu fui se deslumbrou com a suavidade dos mármores, com seus veios de cores, que, acho que me lembro disso, talvez esteja inventando, lhe pareciam veias, como nervos talvez, e imaginava a pedra que acariciava, percorrida outrora pelos estremecimentos de criatura viva e ele mesmo estremecia vendo aquela vida estéril. É curioso, minha querida, que eu recorde aquilo que mal notei na época; de ter me detido naqueles veios, naqueles nervos petrificados, haveria de ter visto o esplendor do poder, que esplende como quase nenhuma outra coisa, que os punha em seus muros e em suas colunas. Aquele que fui, que se chamou nesse novo destino Alonso Díaz ou Pedro de Orive, já não sei ao certo, usei tantos nomes, estremeceria apenas com seu próprio desejo, tomado todo ele pela ânsia das vestes de nobre varão. Muitas foram minhas faltas, já te disse, e o apetite voraz por tecidos da Corte não foi a menor delas. E a ânsia é um grande general, disposto a pelejar todas as batalhas. Em muito pouco tempo, antes mesmo de ficar sem os poucos trocados que eu tinha conseguido arrancar daquele meu tio que me queria para si, mesmo achando que eu era menino, consegui que Juan de Idiáquez, te lembras dele?, me fizesse seu pajem, me vestisse como tal e me levasse a viver no palácio. Vi o rei, o Piedoso, Filipe III, aquele que fez grande o nosso Império, mas não, não nosso, já não meu, embora eu tenha servido ao rei e ele me tenha feito alferes.

— Dói, você?
— O quê?
— O fogo do inferno.
— Você já tocou no fogo?
— Sim, tchê.
— Doeu?
— Muito, muito.
— Imagine o corpo inteiro.
— Aiiiiiiiiiii.
— É por isso que você não deve deixar se tentar por Satanás. Ou você irá para o reino dele.
— O que é um reino?
— Bem, um país que tem um rei, como Espanha.
— O que é um rei, tchê?
— Um chefe de todos, escolhido por Deus.
— Todos obedecem ele, é?
— Mba'érepa?
— Obedecem ou vão para a cadeia, para a forca ou para a fogueira. Vão brincar com os macaquinhos.

* * *

Mas naqueles dias ainda império e rei meus, tia, todo loiro alaranjado ele, e com seus bigodes, o rei, muito coquetemente atesados, e o queixo pequeno e como que adiantado do resto da cara, que a mandíbula dos nossos Áustrias é avançada, e não tão alto nem tão forte nem tão brilhante, apesar de todo o ouro que levava posto e que o rodeava, do chão ao teto, já fostes alguma vez ao palácio? Ele era, ao fim e ao cabo, um homem, nascido tão ferido de morte como todos nós, e também as borboletas e as paineiras e meus burrinhos e meus cavalos e minhas boas mulas e, ai, minha Vermelha, que não quer que eu continue te escrevendo, não lhe basta que a acaricie com a mão que tenho livre, quer que eu a mire também; há de ter se cansado de correr atrás de borboletas. Sigo te escrevendo daqui a pouco, tenho que te contar sobre o rei.

Que não era tão alto, te dizia, nem tão forte, bastante frágil ele parecia com aquela pele tão transparente que o fazia parecer com seus mármores, cheios de sulcos, não chegava, aquela pele que ele tinha, a cobrir suas veias, o Piedoso era branco-azulado, mas seus sulcos não pareciam estremecimentos de criatura viva, e sim vasos escuros de uma morte que pacientemente se fazia dele. E não obstante não brilhar tanto, não obstante o baixo e o frágil, estar perto dele era como se aproximar do sol ou da bênção de Deus porque o corpo do rei não é um corpo, reparaste, tia?, são milhares, milhões de corpos mesmo que o rei nasça e morra sozinho como cada um de nós e também o jacaré e minhas borboletas que gostam de pousar em sua cabeça áspera e molhada e dir-se-ia que o caimão não pode senti-las porque seu couro é grosso e não pode sentir o sutil e seus olhos não veem o que se passa em boa parte das suas costas, mas o jacaré parece feliz quando toma sol todo florescido de borboletas azuis e laranja e verdes e amarelas, coroado como um rei, como o Piedoso, o homem que governava apenas com seu passo, todo ele imperativo, império ele, o próprio poder dos reis com toda a sua aura de metal, um metal precioso que brilha e corta, que pode matar e pode salvar, uma aura tinha Filipe como eu não vi desde então, e olha que conheci homens poderosos. Estar perto do rei era tornar-se parte da sua aura, ver-se tingido nessa luz, banhado em poder; não me lembro se sabia disso então, mas como poderia não ter sabido se vê-lo e compreendê-lo era uma coisa só.

— Antonio, ei.
— Fale, Mitãkuña.
— O que é um país?
— Homens e mulheres que vivem no mesmo lugar, falam a mesma língua e têm um rei.
— A selva não é um país, tchê.
— Não. Sim.
— Mba'érepa?
— Porque faz parte da Espanha, que é um país, Michĩ.
— Não.
— Nahániri!
— Sim.
— Jaguaretê, cobra e anta não querem, tchê. Nós duas também não.
— Haverá guerra, então.
— Você vai brigar contra nós duas, tchê?
— Contra vocês?

... talvez a ânsia de falar contigo. Mas voltemos à aura real, à do rei quero dizer: ele não me cortou nem me deu outra vida além da que eu já tinha ao vê-lo naquele então. Ter falado depois com o que o seguiu, Filipe IV, foi mais favorável para mim, embora seu favor tenha sido apenas o de deixar meu o que é meu. Porém, ungido pelo seu poder, nasci abençoado de novo em um papel, o rei me tornou legítimo, eu, que nasci nobre.

Aqui, o poder da jaguaretê e da cobra e o de todos os milagres que me cercam. Minhas próprias mãos, viste algo mais milagroso do que a perfeita constituição das mãos? A força dessa formiga-de--fogo, há de chamar-se assim porque é vermelha e morde, que carrega um pauzinho várias vezes maior do que é para continuar construindo a própria vida. Como eu, como tu, como cada um de nós e como todos nós juntos. Minha vida, essa vida de formiga que levei no grande formigueiro da Corte, foi breve: nem sequer havia terminado de conhecer parte dela, lembro das gentes apenas por ofício e de alguns, como de secretário do rei ou de rei, havia um só homem, porém da maior parte havia dezenas, se não centenas, e eram tantos esses ofícios. Não sabia eu se seria do meu gosto permanecer lá por muito tempo, mas teria sido do meu agrado ser armado cavaleiro, que é o primeiro destino dos pajens, mas uma tarde, estando eu de folgança com outro pajem às portas da estância de meu senhor, escutei a voz do meu pai e o guarda que o anunciava pelo nome todo. Durante o tempo que Idiáquez o fez esperar, um tempo que imagino ter sido breve, embora tenha sido muito longo para mim, que o temia, procurei não olhar para sua cara, mas olhei um pouco para ele como as galinhas olham, com um olho, e vi nele meu nariz, estes olhos que são meus, as costas que eu haveria de ter, as mãos fortes e aquela galanteria de ancião nobre que um dia me teve em seus joelhos. Pareceu-me um homem poderoso, penso que hoje ele já não seria tanto, tinha os cabelos todos brancos e seus passos vacilavam um pouco apesar da fúria que o possuía. Vi nele mais fúria do que dor ou medo pela minha sorte. Falou-me meu pai a propósito de nada, e lhe repliquei temendo que me reconhecesse e me encerrasse como freira pela mi-

nha vida inteira, mas não: não me reconheceu, meu pai. Escutei--o depois falando com meu senhor, contava-lhe de mim, da sua filha, de como havia fugido do convento, meu senhor prometia-lhe ajuda na busca pela menina, perguntava-lhe se eu tinha algum enamorado, duvidava meu pai que fosse possível e no mesmo momento eu tinha certeza. Senti alívio de que meu pai não me reconhecesse: a porta que eu vi fechar-se sobre mim quando o vi não era uma porta, era uma tampa, a do meu ataúde, pensei que a tumba do confinamento se abriria para mim e já nem mais do teu lado, porque ele não voltaria a confiar-me a ti, isso era certo, senti alívio

— Nahániri o mesmo idioma.
— Não.
— Mba'érepa?
— Porque eles são yvypo amboae, Michī.
— Yvypo Amboae podem conquistar selvas e montanhas e mares.
— Nahániri!
— Mba'érepa?
— Porque temos pólvora e munição. Mas não temam. Eu vou defender vocês. Cantem.

... e fugi, mas sem a alegria no corpo, que é um animal suave que quer abraçar o que ama e há que deixá-lo, querida, aprendi isso, talvez seja a única coisa que aprendi em todos esses anos que levo de vida. Estava um pouco inquieto esse animal que eu sou, ou melhor, aquele que eu era, sem aquela alegria, te dizia, que eu sentia nos dias da minha primeira fuga, a que me afastou de ti. Pensei que terias me reconhecido. Meu pai não me reconheceu porque pouco me conhecia, que outra explicação poderias encontrar para

que teu pai não te reconhecesse? Deixei o palácio, peguei minhas vestes e as poucas moedas que havia reunido, dormi em uma estalagem e combinei de novo com um arreeiro, o primeiro que despertou. Estava indo para Bilbao, então lá fui eu também. Viste, tia? Os arreeiros sempre me foram de muita ajuda.

Orquídea e Leite terão ido embora? Encontraram seus pampas? Será que galopam? Estarão assustando os capinchos no rio? Não sabe. Faz muito tempo que eles não voltam. Deve ser hora de dormir. A Vermelha se enrodilhou entre suas pernas. Uma sesta, sim. Que boa ideia!

16.

— Qual é o cúmulo de um macaco?
— Nascer sem banana?
— Claro que não, seu tonto, é ser feio!
Riam e comiam. As bocas abertas e cheias de maravilhas os predispunham ao bom humor. As gargalhadas se coroavam com golpes na mesa, que se coroavam com sobressaltos na louça, que se coroavam com novas gargalhadas, e assim por diante.
— E o cúmulo de uma freira?
— Pois sei lá, ser hebreia?
— Ficar doente e não ter cura!
— Será que este não foi o cúmulo do bispo? Ah, meu amigo querido! — Um pano imaculado emergiu das sombras para enxugar as lágrimas do capitão. — Adeus, querido amigo, querubim penitente, noivo do látego, onanista maneta. Adeus, companheiro amado de cânticos e execuções, de comidas e fogueiras, de missas e patíbulos, de batismos e últimas palavras que, ai, não me deste.
— Não chore, meu senhor, brindemos por sua santa alma,

que agora há de estar nos braços do bom Deus. E, eu lhe imploro, aceite esta sugestão, vossa mercê: ordene aos curas que lhe peçam permissão antes de viajar, para que nunca fiquem menos de dois no povoado. E se um estiver na farra ou na sesta, que o outro fique de guarda e fazendo rondas como uma sentinela pelas casas dos principais. Dessa forma, ninguém morrerá sem absolvição.

— És inteligente, és muito inteligente. Bem, pois és mesmo inteligente, meu querido. Saúde, amor e pesetas e mulheres com boas tetas!

— Saúde, meu senhor! Qual é o cúmulo da sorte?

— Pois sei lá, encontrar El Dorado quando ninguém está mais interessado em ouro?

— Cair em um palheiro e ser picado pela agulha!

De seda a noite. O vinho na garganta e a anta nos dentes. As línguas em êxtase com a doçura do ananás. A harpa como gotas caindo frescas sobre as rochas e sobre finas rendas de samambaias verdes que cobrissem régias o chão inteiro. O diálogo em basco e as águas suaves do rio. Que jantar mais formoso! Que alegria inebria o escrivão e o capitão! A luz fraca de um candelabro os ilumina. Dourado estava o banquete. Seus enormes narizes, dourados. Douradas suas bocas gordurosas. Os talheres, dourados. Dourados os quatro olhos quando se inclinavam fitando o prato. E as taças e taças. Que noite de ouro! O resto, na penumbra. O índio com a harpa. Os que entravam e saíam com as bandejas. Os que escançavam. A mesa era uma manjedoura e a boa nova, uma amizade. Superava trago a trago, o capitão, que talvez por isso bebesse rápido, a dor pela morte inesperada e sem confissão de seu amigo bispo. Mussitava despedidas muito carinhosas. Recordava suas ambições de arcebispado, o gosto pelo luxo, o orgulho por seu anel com esmeraldas, ah, se punha reflexivo o militar:

— Vaidade das vaidades, tudo é vaidade, querido Antonio, vaidade vã: de que serve o ouro, de que serve o orgulho, de que o caminho truncado para o arcebispado agora que não há glória para ele senão o peso desta terra selvagem sobre seus ossos, sobre sua carne dilacerada que em um instante se ofereceu inteira aos vermes como uma mulherzinha se oferece aos marinheiros?

— De nada, senhor, de nada. Toda glória não é mais que uma folhinha ao vento na hora da morte: se algo nos iguala, nobres e vilões, justos e pecadores, índios e brancos, é a dança da Parca.

O capitão baixou a cabeça e suspirou: talvez estivesse chorando, talvez estivesse procurando algo em seu prato. Animou-se ou resignou-se, às vezes é a mesma coisa, e levantou a taça, afastou a cabeça para trás e encheu a boca de vinho.

— Saúde, Antonio. Brindemos pela vida que ainda nos dura.

— Saúde, capitão. Que vivais mais cem anos.

— Podes me chamar de Ignacio enquanto comemos: eu serei sempre teu capitão e tu meu escrevente, mas na hora do vinho e das longas conversas, somos amigos.

Os olhos nos olhos. Ergue-se uma ponte sobre o banquete entre os dois homens que se parecem. Antonio é alto e o capitão baixo, mas são robustos de costas ambos. Antonio tem o pescoço muito curto e o capitão, ares de pequena girafa, mas cabeleiras castanhas ambos. Antonio tem perfil de águia e o capitão de tamanduá, mas as caras longas ambos. O capitão tomou a mão esquerda com sua direita, Antonio estendeu-lhe a esquerda, o outro a pegou rápida e marcialmente, e foi isso, as mãos nas mãos os dois amigos, os calos nos calos de espadachins.

— Obrigado, vossa mercê, por esta honra generosa que me concede.

— Agradece pela honra de ter nascido de biscainhos. Minha língua. Tanta falta eu sinto dela. Já não sei mais o que faço aqui ou para o que estou. Languidesço dia a dia esperando a transferência que pedi há mais de um ano. Mal me entretenho com essa nova herança, meus macacos militares e meus indiozinhos bobos. Já nada me surpreende nem me interessa.

Com lágrimas escorrendo pelas bochechas, o capitão soltou suas mãos. Apurou sua taça. Trinchou sua carne, cortou um grande pedaço e abriu tão grande a boca que Antonio notou que nada faltava em sua dentadura. Haveria de perguntar a ele como havia logrado ter dentes tão brancos e tão presentes assim que pudesse, que agora o capitão tinha urgência de continuar falando. Antonio haveria de ver a boca cheia. A carne mais desfiada a cada palavra. Uma fina garoa de porco e vinho cairia sobre ele.

— Para que foi que vim? Às vezes eu esqueço, meu mui querido. Queria ver o mundo, queria juntar ouro, queria ser um senhor, mais do que já era, que nasci nobre, mas filho segundo. Meu pai me deixou algo, não o suficiente; minha dama também é nobre e nobre seu dote, mas eu queria o que era meu conquistado por minha espada. Deixei tudo em Espanha na esperança de prosperar rapidamente. Dez anos se passaram e eu consegui: tenho terra e fazenda, tenho mil índios e, se quisesse, teria dez mil, tenho grau e gabinete. Quero voltar. Poderia deixar minhas posses a cargo de alguém que as trabalhe e me mande os dobrões. Quero comer kokotxas e porrusaldas, brindar com irulegi e com calimochos; quero tocar o txistu e o tamboril, quero bailar aurresku e queimar o Markitos no Carnaval. E se há uma coisa que peço a Deus é não morrer como, ai, meu pobre amigo rodeado de selvagens em terra feraz, tão distantes os meus que eu não morreria nem na minha própria língua.

— Morrer em basco, nobre ambição: morrer em casa, ai, quem me dera! Porém é melhor beber, comer e bailar em casa, tem razão. Fugir antes que seja tarde, voltar à pátria, não como o santo bispo, pobre do bispo, que cruel a Parca. Já a vi tantas vezes como soldado. Dela já me esquivei e a dei. Não, é melhor não dizer dei: quem pode dar o que é dado? A única certeza dos que nascem é que hão de morrer: a morte é sempre dada. Se algo fizemos como soldados foi adiantá-la, não acha?

— És muito inteligente, sim, és inteligente. Dizes que impossível é matar, que não matei ninguém. Que inteligente, mas que inteligente tu és. Eu mal antecipei a morte para alguns. Sou fogo que não queima, um santo assassino. És muito inteligente, sim, tu és. E eu, inocente.

— Qualquer instante da vida humana é nova execução, com a qual me adverte o quão frágil é, quão miserável, quão vaidosa!

Uma gorda e pesada lágrima caiu do chefe. Já estava bêbado. Tomou outra vez as mãos do novo amigo. E aproximou a testa da testa. Ácido o hálito do militar.

— Que sábias tuas palavras, que nobre tua garganta que profere verdades e canta cantigas de menina basca. Canta-me algo agora mesmo.

— Não canto como menina, sonhava com minha irmã, que deixei muito criança lá na Espanha.

— Canta para mim como velho ou como menina ou como pintassilgo, uma vez que cantes em basco que doem meus ouvidos e toda a minha alma de tanto castelhano grasnando barbaridades, dói mais do que as línguas dos selvagens.

— Vou cantar o que vossa mercê quiser, mas vamos orar primeiro para que seu amigo receba um julgamento piedoso.

— Pater noster, qui es in caelis: sanctificetur Nomen Tuum...
— Antonio orou, e os olhos do capitão se fecharam. Verteu Antonio seus pós de dormideira no cálice do outro. Se alguém viu, ninguém se importou. Terminou a oração: sed libera nos a Malo, amém. Propôs um brinde à alma do bom bispo. Esvaziaram as taças e ele começou a cantar.

— *Andere Santa Klara hantik phartitzen* — continuou em sua voz sedosa de tenor, e se adoçou o rosto do capitão, que cantou também.

— *Haren peko zamaria ürhez da zelatzen* — prosseguiram os dois, juntos como se remassem no mesmo ritmo a mesma canoa sobre o lombo do rio mais doce. E beberam. Ficaram sem vinho.

— *Ardo gehiago! Ireki beste upel bat!* — gritou o capitão, completamente esquecido do castelhano. — *Ardo gehiago, ergel basatiak!* — trovejou para os selvagens que, de pavor, não conseguiam adivinhar o óbvio.

O capitão se levantou. Caiu sua cadeira. Golpeou a mesa com os dois punhos. Saltaram os restos do prato principal. O osso de uma pata. A grande cabeça. Parte das costelas. Firme como na batalha, voltou a gritar nosso militar. Agarrou pela camisa o índio mais próximo. Sacudiu-o. Uivou no ouvido dele. O pobre índio não conhecia o basco. O capitão esmagou-o contra a parede. Deu dois murros nele. Deixou-o esparramado no chão.

— *Ahizpa, enükezü ez sinhetsia...* — seguia cantando Antonio ao compasso da harpa, muito extasiado com seu próprio brilho na bandeja de prata que o golpe do capitão havia posto perto de seu rosto. Os bronzes do candelabro tornando-se furta-cor em sua casaca nova, nos fios de seda de sua golilha, na empunhadura de ouro da espada rapieira do capitão. Tinha acabado de pegá-la, aproveitando a distração. Ouro sobre ouro, Antonio gostou dela, talvez levasse a espada consigo quando o bruto finalmente caísse prisioneiro da dormideira. Mas ainda não. Não caía. Agarrou outro índio. Torceu-lhe o braço. Deslocou o ombro dele. Deixou-o de joelhos. O índio dizia não entendo, não entendo, senhor, perdão, senhor, não entendo. Ergueu os olhos em um gesto arriscado para se fazer entender. A aposta deu errado.

— Levantas a mirada, índio atrevido!

O capitão se acendeu como uma brasa. Violeta as veias de sua testa. A boca aberta. Os dentes juntos. A mão ardente. Pegou seu açoite e acertou o índio. Açoite e açoitada. Antonio cantava agora com voz de menina e em castelhano a canção de sua Virgem. Não lhe parecia justo bater em ninguém por não falar basco. Se assim fosse, quase toda a Espanha, o Novo Mundo, o Velho Mundo e todo o globo estariam golpeados. O capitão deixou um caído. E depois outro. E acertou mais um com o açoite. Então se deteve. O açoite caiu. Virou o rosto para Antonio. Sorriu para ele confusa e docemente. Perguntou:

— Qual é o cúmulo de um pastor?

E por fim desabou, para alívio de todos e cada um dos índios. E de Antonio, que estava cansado de cantar sozinho e de seu reflexo. Queria partir veloz para cumprir a promessa que fizera à sua Virgem do Laranjal.

— Contar ovelhas e cair no sono.

Respondeu ao seu capitão, que já roncava. Pegou a espada rapieira, que não havia cessado de cintilar. E o saco de moedas, que tilintou. O militar havia de dormir muito. Talvez um dia. Talvez uma semana. Ou mais. Ele o arrastou para a cama. Deixou-o ali estirado. Beijou-o na testa. Saiu com saco, pata de anta e espada na mão.

17.

A luz mal se move. Mas se move. Será que há algo que esteja quieto além dele mesmo? Nem sequer ele mesmo. Vai e vem, também. A mão. E respira enquanto escreve. Corre e grita quando Kuaru e Tekaka ou as meninas pegam sua espada ou o punhal e escapam às gargalhadas. Antonio não sabia que os macacos riam até o dia em que lhe atiraram as orelhas-de-negro. Agora ele sabe disso quase sem perceber, como entende que é leve a brisa que agita as folhas porque a luz mal se move. As sombras tendem a ser um pouco arredondadas aqui na selva sombria, mas tão dentro do sol quanto tudo neste mundo. Como a jaguaretê de aura luminosa que vê rondando a choça todas as noites. Lambendo a cara de Mitãkuña e Michī. Que enrodilham seus corpinhos entre as patas da tigresa. Ele acorda toda vez com o coração golpeando-lhe o peito, veloz e furioso. Abre os olhos. Não há nada além das meninas dormindo. E como que uns pirilampos rondando-as. Ele conhece de medos, Antonio. E a jaguaretê o apavora. É a própria selva mostrando suas fauces, sua força, sua fome. Sua forma de dar morte. Assim, em um instante, como um raio de Deus. Talvez Deus seja uma jaguaretê. Ou o besouro que vê dentro de uma flor agora mesmo. Como uma pedra preciosa fulgurando no perfume da copa branca da flor. Não sabe. O que sabe é que está rodeado de índios que estão cuidando dele. Por quê? O que ele fez para que alguém cuidasse dele? Deve ser o milagre da Virgem do Laranjal. Ou que ele está protegendo as meninas. Outro milagre. Como o escaravelho. A jaguaretê. O rio. A pedra negra e suave que há sob a água transparente. Como essas meninas e esses bichinhos que se protegem entre suas pernas como se houvesse nelas alguma defesa. E talvez haja. Antonio canta. E volta à carta. Pelo simples ato de escrever, para se balançar com a própria música, para se deter. Para se deter.

Deixei-me levar pelo vento como uma pena: se o arreeiro tivesse ido a Roma, talvez hoje eu fosse papa, perdão, tia, não hei de blasfemar, continua lendo, te imploro: seria pintor de igreja ou filólogo. Não me lembro muito dessa viagem, exceto que foi longa e penosa. Sentia-me arrancado da terra com violência e não podia compreender aquela orfandade, eu que não queria raízes, as deixara contigo, no nosso nogueiral, as deixara aos teus cuidados e aos dos pássaros, das ovelhas, dos cães e da vaquinha do leite e dos seus bezerros e te deixara com eles aos cuidados do nogueiral. Ou não, não tinha deixado ninguém aos cuidados de nada, eu tinha corrido por mim mesmo, havia despertado o belo animal do meu corpo que queria andar solto como querem todos os animais e não tinha me pesado até então nem me pesava, não queria voltar, mas me sentia levado pelo vento como uma pena. Lembras de mim, querida, sabes que não tenho natureza de pena, sou forte e pesado como era meu pai, mais forte talvez já que faço quase todo o meu trabalho sozinho, meus pobres servos nem mesmo são meus nem são servos, pelo contrário, eu os sirvo e são gente de pouco alento, no entanto durante aquela travessia eu fui frágil e leve, tive de planar no desassossego com a respiração curta e a garganta estreita como se alguma besta sem limites e com muitíssimos dentes estivesse quase me devorando.

— Seus anjos são espíritos metade pássaro, metade homem.
— Mba'érepa?
— Porque têm asas, Michī.
— Anjos mulheres há?
— Os anjos não são nem homens nem mulheres.
— Como você, tchê.
— Eu sou homem, Mitãkuña.
— Nde japu.
— Sou mulher?
— Nahániri.
— E o que eu sou, então?
— Anjo, tchê. Um urubuzão.

As meninas se riem. Antonio também: não necessita que ninguém lhe diga o que é. E um anjo não está tão mal. Volta para a tia.

Talvez tenha sido a paisagem, não só meu pai que havia me ignorado: que pouco me conhecia porque pouco podia me conhecer; ele não só me deu a ti para que me criasses, ele queria que me criasses para ser prioresa, como ele poderia ter me visto como pajem? Alferes deveria ter me visto anos depois e eu deveria ter me revelado a ele, mas não quis. Lá está ele, em sua Espanha a velha, onde as pessoas nascem sendo o que hão de ser para sempre, ou, se não, não hão de ser nada. Porém talvez não fosse só isso, talvez fosse Castela, tão seca Castela, tão carente de árvores, tão sem raízes ela mesma, embora persista ali plantada há milênios, não era verdade?, que Castela sempre esteve lá

— Mitãkuña, eu não tenho asas.
— Nós te fazemos, tchê. Ou você sonha.
— Se eu sonhar que sou pássaro, vou voar?
— Enquanto sonhar sim, tchê.
— Façam asas para mim, meninas.

Voltou-me o sossego, tia, com seu ar de garganta larga, esse ar que se respira sem saber que se respira, o bom ar, assim que chegamos do outro lado dos Picos de Europa, quando vi a floresta cobrindo a terra e me penetrou seu aroma úmido de vida boa, sua menta de pinheiro e seu mar lambendo suas bordas. Mas eu não me encontraria em Bilbao, assim como não encontraria emprego, nem outra morada além do cárcere, nem mais amigos que os alheios.
    Foi assim: caminhava eu pela parte de trás da catedral, tinha ido rezar para santo Antônio, que tem ali formosa capela. Ia pedir-lhe que me ajudasse na minha difícil inquietação: pobre estava eu e ele havia doado todo o seu dinheiro aos pobres, sem alojamento estava eu e ele tinha vivido em uma gruta. E recordava das histórias dele que me contavas quando eu era a menina dos teus olhos e da tua saia, tua neska: que uma vez tinha vindo vê-lo uma javalina com todos os seus javalizinhos, que eram, sim, iguaizinhos aos que tínhamos visto na floresta naquele dia em que fomos procurar cogumelos com as irmãs, sim, assim, pequenino, com o focinho grande e rosa e os olhões escuros e as pestaninhas vermelhas e as manchas pretas, algumas listras ao longo de todo o corpo na pelagem marrom, tão formosos, me contavas, mas tinham saído

ceguinhos da javalina. Inclinou-se, ela, diante do santo e o santo viu a súplica no gesto respeitoso e viu também os javalizinhos destruindo tudo à sua frente e se batendo uns nos outros e caindo e se levantando novamente. Teve piedade deles e os curou com sua mão santa. E a javalina e os javalizinhos o amaram para sempre e sempre o defenderam das alimárias e dos homens também. Só do diabo não conseguiam defendê-lo, mas para isso o santo se bastava, me dizias, e não me contavas toda a história, as tentações, tão tentadoras todas elas. E eles, que o diabo não poupou nada ao pobre Antônio.

— Que cor, as asas, tchê?
— A que vocês quiserem.
— Vermelho e preto?
— Mba'érepa?
— Como Satanás?
— Sim, tchê.
— Por quê?
— Assim fazes fogo.
— Melhor azuis ou brancas ou verdes ou laranja.
— Mba'érepa?
— Posso fazer fogo sem ser demônio, Michĩ.

Mas, ai, tia, a memória outra vez que me leva a cabeça para qualquer lugar, me levou de volta à tua saia, às histórias doces que me contavas quando eu era muito menina e estava te contando como acabei no cárcere pela primeira vez. Sim, houve mais. Muitas, tome outrozinho, não te esqueças de comer um petisco e continua me lendo, queres? Ia eu caminhando enquanto refletia onde haveria de dormir naquela noite quando a resposta me chegou nos corpos de três meninos que me rodearam e começaram a me insultar. Diziam que cara de mourisco, que roupas de judeu, que mãozinhas de maricas, que vontade de te bater, seu maricão, e aí um deles me empurrou com força e eu caí, e foi boa fortuna a queda porque ao lado da minha mão esperava-me uma pedra. Consegui ficar de pé, não me lembro como, do mesmo modo que não recordo como abri a cabeça de um que caiu redondo como tangerina no chão e sua moleira explodiu. E os dois ruídos, o da pedra contra o crânio que vibrou no meu corpo e o do homem caindo na terra, me agradaram, e também a força recém-nascida da minha mão que podia fazê-los soar como se se tratasse de um alaúde, mas a sorte me abandonava: como magia, os guardas apareceram e me prenderam. Dormi naquela noite, aliviado por não ter mais que pensar onde iria dormir, porém sopesando a possibilidade de gastar mais dinheiro em pousadas e sair daquela cidade o mais rápido possível. Bilbao não me amou: demorou um mês para aquele que me faltou com o respeito se curar até pôr as mãos em mim. Isto um cavalheiro não pode permitir: ser homem é guardar a honra a ponto de matar ou morrer se for mister, sustentar a honra que, deixa-me que te explique bem, é o que o sustenta. É poder matar e que isso se saiba para poder viver, mesmo que esse fim, o de poder viver, custe a própria vida, explico-me, querida minha? Como a bolsa, que às vezes pesa demais mas é necessário carregar para ter abrigo e comida e dinheiro no caminho, porque difíceis, muitas vezes fatais, são os caminhos sem bolsa nem dinheiro.

    A honra custa vida ou vidas, como um cavalo é, um que gostasse da carne de homem e haverias de lhe entregar uma falange ou um dedo inteiro quando te fosse necessário ir longe. Não sei se me entendes, porém é assim, que não me guardaram a honra, não sei se eu poderia permitir nem hoje que sou, como já te disse, um homem de paz, um arreeiro. Não posso permitir: se deixasse roubarem minha honra, servo me tornariam ou pior, cadáver. Não há maneira outra de ser um homem, de ser um homem livre. Hei de matar se for mister. Matei muito, mais do que era necessário, haverás de me perdoar? Ainda tenho comigo minha faca e minha espada, meu arcabuz e minha pólvora.

Os cavalos não voltaram.

18.

— Soldados valentes, cristãos soldados da Espanha valerosa! Nosso generoso capitão nos ordena que brindemos pelo descanso do santo bispo. Disponde agora mesmo de dez barris e rezai até a alba por sua boa alma.

Já havia apartado sua égua e avançava na penumbra, por precaução. Mas que precaução. Se o vinho tem força de catarata. O vinho abre caminhos onde não há. O vinho encontra sempre a fuga. Como um galho flutuando na correnteza, assim o levava o vinho. Que coisa mais curiosa esse vinho que o levava para o poente e arrastava os soldados para o oriente. Os mais despertos suspeitavam, o capitão nunca tinha sido tão generoso antes, mas um trago de riojano e se inflamaram. Ao grito de carpe diem, Deus tenha em sua glória nosso santo bispo, hurras e vivas deixavam as guardas, as camas, as rezas e as orgias. O bom vinho na boca é o que desejam todos, mais do que voltar para casa. Mais do que mulher. E, quando anoiteceu, até mais do que ouro. E já era noite entrada. Os pobres espanhóis pobres estão muito fartos de tragar saliva de índios de hálito fedorento. E os criollos anseiam para sua garganta a seda de Castela que, estão convencidos, os hispaniza ainda mais que seus uniformes ou os nomes dos navios em que seus pais ou avós chegaram. Eles bebem chicha quando não há outro, mas preferem vinho e vinho espanhol. Como Deus manda: ou o sangue de Cristo ou um bom riojano, cantavam contentes. Rápidos, abriram barris e empilhavam copos ou arrimavam cocos, até se jogavam sob o jorro vermelho ditosos e misturados. Vinho de Espanha, ai, graças, meu Jesus lindo, recebe em tua glória, Pai querido, o bom bispo. Veloz também foi Antonio ao gabinete do capitão. Abriu a gaiola dos macacos, não prometeu à Virgem mas abriu-a e os macacos não se afastaram. Eles não se importavam, não podiam mais. Antonio pegou a tapeçaria do escudo e os envolveu. Para abrir a jaula da menina, fechada com esmero, usou seu sabre. A menina estava no canto mais distante. Aterrorizada. Tinha medo de sair. Temia o homem que meteu meio corpo dentro da jaula e a arrastou. Cheirava horrivelmente e a sentiu fria. Abriu sua camisa e a apoiou contra a pele. Envolveu-a na capa do capitão. Pegou o escudo com os macacos. Saiu silencioso pela escuridão até a égua que já o esperava, encilhada e munida de provisões. Foi surpreendido por um potrilho que grudou na égua. Que fossem dois cavalos, tudo bem. Caminhou devagar. Conduziu-os pelas rédeas. Não queria ser ouvido. Ficariam felizes se um a menos bebesse o vinho que já pertencia a todos. Como estar seguro? Sempre se corre risco. Algum amargo abstêmio. Ou um ambicioso que anseia por honras até mais do que vinho. Marchou devagar. Aos poucos se afastou da vozeirada dos soldados.

Internou-se silencioso na selva. Não sabia para onde estava indo, até onde chegaria nessa viagem. Escutou seu próprio corpo e o da menina índia. O pequenino alento sobre sua carne e o peito que se dividia. Subiu-lhe à garganta algo que a apertava, madre minha. Se abraçou à alazã, cuidando para não sufocar a menina. Teve de apear da égua. A selva é intrincada, só via verde, o mesmo tecido por toda parte. Não podia tomar o caminho trilhado. Ou sim. Melhor tomá-lo e galopar, afastar-se tanto quanto fosse possível. Um céu perfurado de estrelas foi sua testemunha. E o urubu, que despertou. Girou o couro áspero de sua cabeça. Mirou-os com um olho. Depois com o outro. Mal se inquietou que eles já tivessem passado. Continuou dormindo. Quedava um longo tempo de escuridão. Um uivo. De cão jovem. Não há muitos cães por aqui. Antonio gosta de cachorros. Ele se deteve, procurou-o e o encontrou. Uma cachorrinha avermelhada, Vermelha, Antonio a chama. Ela abana o rabo. Em uma mata de lianas e samambaias, ao lado dela, outra menininha magérrima. Adormecida. Ou desmaiada. Não despertava, não lhe respondia. Talvez também tivesse sede. Subiu com as duas na égua, atou-as ao seu corpo com a capa do capitão. Dois macacos, duas meninas, uma cachorra, dois cavalos. Melhor se apressar. O tempo de galope. O golpe surdo das ferraduras contra a terra. Os cortes dos galhos sobre o corpo. Não queria chegar tarde. Quando haveria de ser tarde? Agora mesmo poderia ser tarde! O melhor é inimigo do bom. Embora ele tivesse prometido laranjas, não poderiam comê-las, salvo se vivessem. Mais valia que lhes desse água. Decidiu se deter. Sentou-se na raiz de uma árvore alta. Abriu a capa e deu-lhes água da cantimplora. A mais velha mal acordou, bebeu e depois vomitou. Melhor mais devagar. Rodada de golinhos. Os macacos também se reanimaram um pouco e se abraçaram mais. Ele também deu à Vermelhinha. A menor agarrou o dedo dele com a mãozinha. Antonio então soube, cantou na cabeça o coro angelical que lhe havia cantado antes, fazia tão pouco tempo, sobre a Virgem e o laranjal. O que ele estava fazendo era do gosto de sua Virgem e também da criança, desta e Daquela. Deu-lhes migalhas de pão embebidas em água. Voltou a guardá-las grudadas à sua pele, sob a camisa, atadas com a capa.

— Obrigada, tchê, senhor.

Disse-lhe a maior. Antonio não respondeu, abraçou sua carga e acariciou suas roupas no mesmo gesto orgulhoso. Algo se avolumava em seu peito. Já não haveria de parar até os laranjais, se é que havia laranjais. E, se não, pararia embaixo de umas bananeiras. Ou embaixo de algumas palmeiras. Ou onde houvesse frutos e estivesse bem longe do capitão que despertaria dali a algumas horas. Ou dias, no máximo. Não ia voltar. Toca correr. Despertaria logo o cruel militar. E, isso era certo, de mau humor.

19.

Naquele primeiro dia na selva, o da fuga, ainda não sabia ver. Agora sim. É quase impossível neste mundo de plantas. Mas o vê. Um sarmento tenro e vegetal gira sobre si mesmo até dar com outro e tecer miríades. Como as gotas nos rios que os molham. Juntos girando até serem um só e, aí sim, espalhar outro sarmento tão verde e delicado e forte quanto o primeiro, que se enrola também. O verde da selva são animais que criam uma pata para cada passo. É assim, está vendo, o mundo se engrandece para dentro dele. Já o percorreu de lá para cá. Em terra e montanhas. Em mar e savanas. Em batalhas e salões. E resulta que pode, também, sulcar-se para dentro de cada coisa.

A doce tibiez do dia acaricia sua tribo. Seus animais e suas meninas na graça do sol. Sente-se bem, Antonio. Gosta de vê-los brilhar assim, suavemente, em paz, agarrados a ele nesta terra de troncos e raízes e lianas e folhas, folhas e folhas. Estão dentro do emaranhado. Sorri. Poderia passar deste modo o resto da vida, pensa. Uma umidade quente banha de súbito seu ventre. A pestilência apaga seu sorriso. Será que...? Sim: as meninas. Deus.

A mancha acastanhada se espalha em suas vestes. Já para o rio. Agradece ao Senhor por ter disposto tanta água na selva. E ter pegado duas camisas e duas calças de reposição. O belo escudo que lhes servia de lençol. Fizeram-no deliberadamente. Não querem voltar, conclui. É razoável. E que outras armas elas haveriam de esgrimir, tão pequeninas? Pode-se fazer semelhante coisa de propósito? O temor se apodera dele quando vê os antigos dourados do escudo imperial. Esses índios não respeitam nada. Nem mesmo se você salvar a vida deles e lhes der de comer. E beber. Como se atreveram a tanto. O escudo. O que se seguirá? A cruz? E que cruz ele tem? A que levava no pescoço, de ouro, presente da tia, ele perdeu nas cartas. Essas meninas. Michī e Mitākuña. Cumpriu com sua Virgem do Laranjal. Poderia deixá-las. O coro continua lá. Seriam salvas. Sim, até lhes estão dando de comer. Se não o fizessem, seria deixá-las à morte. Talvez seja seu destino. Talvez ele esteja apenas atrasando-as. Talvez devesse deixá-las como se deixa um tronco caído ir com a corrente de um rio. Sem elas, avançaria rápido. Para onde? Em que lugar poderia se reinventar? Mais um nome. Um ofício novo. Podia voltar para a Espanha. Ali ninguém quer matá-lo, embora ele houvesse de morrer de qualquer maneira. De tédio. De ser ele mesmo para sempre. O cheiro asqueroso e, pior, o toque. A delicada tarefa de abrir a camisa já começou. Tirar o resto da roupa. Pegar um pano. Um sabão. Levantar as crianças. Ir até o rio. Enfiá-las na água. Limpá-las. Limpar a si mesmo. Trazê-las à luz. Arrumar suas vestes e o escudo do império sobre o qual o sol nunca se porá mas, ai, Mitākuña e Michī sim, na água para que ela leve os restos. E as deixe tão sem consequências quanto imagina que haveria de deixá-las o céu das esfinges. Pegar a outra roupa. Vestir-se. Então sim, vomitar. Se assombra com suas tripas. Souberam esperar que a urgência acabasse para arrasá-lo em debandada, querendo arrancar-se dele e atirar-se à terra como os macacos.

Onde estão os macacos? Se apoia no tronco de uma árvore. Levanta a mirada. Vê os macacos molhados. Devem ter se banhado sozinhos. Estão deitados de barriga para cima nos galhos de uma árvore que parece coisa de Satã de tão formosa. Foi ao rio todos os dias. Não sabe como é que não viu essa besta de muitos paus que se dispersam sem ordem nenhuma mas são coroados por uma única copa frondosa. A pele dos troncos e dos ramos quase completamente cobertos se adivinha suave e cor de canela. Com manchas mais claras aqui e ali. Quase toda ela coberta de frutos. Verdes os pequenos. Vermelhos os medianos. Pretos os maiores. Frutos redondos e lisos como uvas gigantes. Frutos cintilantes. Cheios. Polidos como a calva do capitão sob o truque fútil de pentear para a frente os poucos cabelos da nuca. Frutos fulgurantes como os olhos de obsidiana dos índios derretidos. Frutos esplêndidos cobrem todo o tronco a partir do próprio solo. Os macacos estendem os braços e os enfiam na boca.

— Meus macacos, vocês encontraram o laranjal nessas selvas? Acham que será do agrado da Virgem? E das meninas?

Caminha até a árvore. Deixa-se abraçar pelos macaquinhos que trepam em suas pernas. Pega um dos frutos e o morde. O paraíso. Se ele existir, nem quando noviça tinha certeza, é isso. O estalo da fruta doce na boca. Esse milagre que deleita sua língua. O sol na pele. O corpo na água. O paraíso são essas coisas. E mais nada, nada, essa uva grande de pele escura, carne branca e suculenta e dois ossos violáceos varre todos os males, até mesmo as más lembranças. E os maus odores. Antonio pega mais uvas e vai ter com as meninas. Senta-se sobre o pano. Abre os frutos. Retira os ossos, a pele, e os oferece a elas. Mitākuña mastiga-os lentamente. Michī não os quer. Antonio, urubuzão, astuto mais uma vez, mastiga-o um pouco ele mesmo e enfia-o na boquinha. Michī engole. Faz isso várias vezes. Até que escorre por seu rosto. Suficiente. Permanecem quietas. Na alegria do sabor dos frutos na boca, talvez. Ou no casulo de uma folha recém-nascida da paineira. Se desenrola e se estende como um punho se abrindo. Olham todos na mesma direção. Antonio esteve escrevendo com tal frenesi que quase não reparou em nada. É um emaranhado a selva se tecendo. Mas só nisso se deteve. Nem mesmo notou que sua camisa raspa-lhe o peito. Ele para, abre os botões. E se observa. Tem duas munições ternas e arredondadas. Duas flores filhotes em sua pele velha e cheia de feridas. Mamilos. Rosados e lisos. Sempre os teve. Mas é hoje que os sente doer contra o tecido de sua camisa.

— Nós vamos, você.
— Aonde?
— Vamos pegar suas penas, tchê.
— Vão cantando. Para que eu possa ouvir vocês.

Quando abriram a porta do meu cárcere em Bilbao foi que comecei a ir para longe, tia. Eu de alguma forma havia me mantido perto de ti: a uma distância tal que eu poderia voltar a ti em um burrico ou caminhando, se me fosse necessário. Comecei a ir-me sem um destino claro, porém como sabendo que durante muito tempo fui à missa na nossa Donostia, no nosso convento, mui galante e bem-composto. Tive de me virar para conseguir vestes decentes e albergue tolerável. Foi então que, pela primeira vez, caminhei como um soldado: com resolução marcial, com os olhos à vista de todos fui até o convento. Assisti à missa inteira. Desejei paz aos meus vizinhos. Minha mãe me viu e me beijou e não me reconheceu. Meu pai não reparou em mim. Não sei, nem sei se algum dia saberei, se tu me reconheceste. Creio que sim: puseste os olhos em meus olhos. Tremi, minha querida, talvez de medo, ou talvez de desejo de que me reconhecesses. Baixaste a mirada e continuaste cantando, será que me deixaste livre? Ou terias me esquecido? Esquecido não. Talvez não me reconheceste: tu também me imaginavas moçoila. Te disse que não tinha me despedido de ti. Não é de todo certo, que outra coisa fui fazer no convento, que outra coisa senão te dizer adeus? A ti e à própria Espanha. Fui embora como alguém que decide empreender a maior das batalhas e não sabe o que é uma guerra: com o ânimo alegre, com o coração leve de um passarinho que empreende seu primeiro grande voo. Me ajustei com um marinheiro e zarpei para Sevilha, que magnífica Sevilha. Lá, apesar de ele ter me convidado para ficar, parti para Sanlúcar. Um tio meu me tomou como grumete. Ah, tia, o amplo horizonte do mar! O imenso céu refletindo-o, as sirenas, os trabalhos brutos dos homens. Eu fui, eu vim.

20.

Navegava a pele do rio em sua pele, de noite, quando até os urubus dormem. Apenas flutuando em águas cálidas. O capitão perdia patente e sinais. Entregava-se a uma corrente doce. Yacarés yrupés no nível de seus olhos, gentilmente chorando. Flores. Via as pétalas gordas surgindo coloridas do centro verde do prato flutuante que é o yrupé. Podia vê-los se deformando em um arco que se abria para voltar a se fechar em pontas brancas. Não tinha diante de si as flores feitas, ele as tinha acontecendo. Em cada pétala o leite vegetal, feito pequenas bolinhas coloridas, alargava os braços para confluir com as outras. Se estendiam e se estiravam. Iam se tornando claras quanto mais se aninhavam e se afastavam da base. Todas vibravam como animaizinhos felizes de se roçarem. Pura inquietude em degradê essa flor, disse para si mesmo o que não estava sendo capitão. Era ele mesmo yrupé. Prato verde florescido seu centro do corpo, essa flor rosada com coração de estames e cabeças banhados por um pó viscoso e dourado. Cresceu-lhe e pulsava. O capitão cantarolava um encontro. Cantarolava uma pele em sua pele. Umas mãos em suas mãos. Uns olhos em seus olhos. Cantarolava sobretudo uma voz em seus ouvidos, em seu estômago, uma voz acariciando-lhe os intestinos para acabar saindo-lhe de cara ao sol, florescendo-lhe a flor de seu segredo. Cantarolava embalado pela voz angelical de uma garotinha que o fazia estirar-se para alcançar o sol. Fazia-o pulsar yacaré yrupé. Yacaré, flor com dentes, pensou, esses índios de merda estão loucos. Se riu e moveu a cabeça. Pobre capitão, o yacaré perdeu todo yrupé, mordeu-lhe a nuca por dentro e já não houve rio nem flor. Não houve nada mais que o lagarto mordendo-o e o barro das margens desses rios asquerosos. Sua garganta se preencheu com a corrente ácida, apodrecida, que lhe vinha do estômago. Ou do inferno merdoso, ele não sabia e não se importava quem caralhos estava devastando suas entranhas. Abriu os olhos e o vulcão de suas tripas imediatamente os cobriu. Não conseguiu fechar a boca. Nem falar. Não conseguiu pedir ajuda. Nem mover a cabeça. Apenas as mãos. Cada pequeno movimento desencadeava um caudal ácido que aquecia seu peito para resfriá-lo em seguida, e uma manada de yacarés se reproduzia cada vez mais, mordendo-lhe a nuca. Tinha de ficar quieto. Respirar devagarinho. Alguém viria em seu auxílio. Via o teto: as folhas de palmeiras misturadas com barro, os ninhos de insetos. Não entendia onde estavam seus índios. Nem seus soldados. Nem seu secretário. Viu que era de dia. Água, disse. Água.

— Vai à merda, tchê, senhor.

Quem falava era um índio. Disse outra coisa, em sua própria língua. O capitão reconheceu a língua. Proferiu um novo insulto. Se surpreendeu. Mais o surpreenderam as duas mãos que se agarraram ao seu pescoço. Se ele não tivesse que dedicar toda a sua energia para tentar desprendê-las, teria mergulhado em uma perplexidade silenciosa.

— Morre, tchê, chefe, morre, você.

A frase do índio foi altamente descritiva. Se não conseguisse tirar as mãos do pescoço em questão de minutos o capitão ia esticar as pernas. Não ouviu o ruído do golpe que o libertou, mas aspirou com tanta força e alívio que decidiu que queria dedicar o resto de sua vida a isso. A respirar. Abriu os olhos. Viu um soldado com pômulos altos e olhos de gato. Achou que estava alucinando. Voltou a desmaiar. Não sabemos se ouviu o soldado:

— Esses negros de merda analfabetos, você os civiliza, ensina-os a limpar o cu e, quando podem, te ferram. Tem que matar todos eles.

21.

Dormiu como um tronco. Não foi profundo. Nem longo. Dormiu como um tronco, porque o rodearam os bracinhos e as pernas dos dois macacos e das duas meninas e a cabecinha da Vermelha. Sente a tepidez das peles. As respirações curtinhas. Antonio é uma árvore. E suas tropas, ramos. A qualquer momento vai começar a dar folhas e sombra. Bem, sombra já dá. E vê tudo verde. Afasta de um tapa a tenra urdidura vegetal com que a selva os cobriu, penetrando na choça. O sol cairá em breve. Se intensificam as nuvens de insetos. Ruge a jaguaretê. Recolhem-se as flores. Se veem olhos amarelos no escuro, pirilampos. O que capturam os pirilampos em suas correrias? Beber, devem beber água como todos os animais, inclusive as árvores. Menos os homens que também bebem, mas ademais o vinho, e os licores, e as aguardentes, e as chichas. Há outros animais que bebem outras coisas. Os mosquitos, por exemplo, que agora mesmo se agitam gregários e com ânimo de grandes predadores. É melhor voltar a acender o fogo que está quase apagado. Se move muito lentamente. Desprende braços e pernas de seu tronco. Acomoda as meninas conformando uma noz, Mitãkuña e Michī são a semente, e Kuaru e Tekaka, a casca que as protege. Cobre todos com a capa. Os fracos têm, sempre, inverno. Nunca jamais sentiu tanto frio como quando nem conseguia se sustentar em pé e caiu desmaiado. Ou talvez não fosse a debilidade. Pode ter sido o clima da cordilheira lá em cima. Ou as duas coisas. Ele gosta de vê-las assim, tranquilas. Michī abre os olhos, imensos em seu rostinho, que, oh, como isso aconteceu tão rápido, já não está raquítico. Tem as bochechas cheias. Ela os cola ao corpo de Antonio, que leva, agora, aqueles olhos postos nele. Sustenta-os como frutos recém-nascidos. Que trabalho ser árvore! Nunca tinha pensado nisso. Até as pedras trabalham. Ele escreve.

Minhas mãos foram ficando em carne viva conforme eu subia e baixava velas, tia, atava e desatava nós, me agarrava ou escapava das coisas que não ficavam quietas quando o mar estava bravio. Duro é o lavor do marinheiro. Fortuna quis que começássemos descendo para o sul, para o calor, para o sol que se crava na pele, para o meio-dia, pelo Guadalquivir, que é rio: debutei em águas mansas. Vimos San Juan de Aznalfarache, que já era grande cidade sob os mouros, e as duas pilastras que restam da sua ponte: só os homens do lugar sabem singrar este rio sem que os navios topem com elas e sem encalhá-los nos baixios. Chegamos ao cabo de Sanlúcar, que é por onde se sai para o Mar Oceano e se perde o cheiro doce e tudo é salitre e peixe, até os homens. Espanha começou a apequenar-se, para trás, para trás, até que se dobrou o horizonte e não restou nada além do próprio mar por todas as partes. Porém não está vazio: seguiam-nos centenas de peixes enormes de dentes terríveis, caiu um grumete, imediatamente soltamos a lancha pela borda e antes que tocasse a água o tinham devorado. Em instantes, um homem foi uma ínfima mancha verme-

lha e depois nada; um jurou ver o tubarão maior cuspindo um fêmur como se fosse um palito de dentes. Eu não o vi. Também vinham atrás de nós os peixes-voadores, minha querida, sulcando o céu como flechas de prata, e uns outros tantos e tão juntos que pareciam uma ilha. E rodeavam-nos os pássaros. Pouco pude me deter em maravilhas, eu, ocupado como estava em vender minhas mãos, ardidas o dia todo, e ocupar-me em minhas novas tarefas. Posso falar-te porém das tormentas, de como o mundo inteiro torna--se uma borrasca e te devoram as ondas e já não há acima ou abaixo, mas um agarrar-se em algo e revolver-se, um golpear-se contra tudo, um fazer-se mil estilhaços e rezar para que escampe. Trazia--nos consolo santo Elmo quando aparecia como outra luz entre as das nossas naus na noite escuríssima e de tal esplendor qual tocha. Ele nos acompanhava por duas horas e houve aqueles que ficaram cegos uma vez que partia. Sempre conservei a vista, querida, pude ver como mudavam até as estrelas, como perdíamos a referência da polar e apareciam outras novas. Quando chegamos, o sol na minha pele a rachara e ela estava caindo, mas tinha as mãos calejadas. Eu estava pronto, tia, para o que não sabia que me esperava.

— Tchê, Antonio, deita, você.
— Por quê?
— Porque você já tem suas asas, tchê.
— Posso vê-las antes que vocês as ponham em mim?
— Nahániri.

22.

Já está, Ignacio, na outra margem. Reconhece sua cama com seu dossel granadino. Seus lençóis e seu escudo familiar. Sua tapeçaria biscainha com barcos, pescadores, mar e céu de Donostia. E a penumbra tênue de seu dormitório atravessada por um raio de sol debilitado pelos cortinados que parece entrar só para recortar, talhante, do fundo escuro sua cara verdosa, sua brilhante calva e suas mãos apoiadas sobre o ventre. Faz horas que despertou, mas a cabeça impede-o de se sentar. Pesa demasiado sua dor intensa, dilacerante. Parece-lhe que é a ira de Deus descarregando-lhe mil raios na nuca. E seu estômago se agita como uma nuvem pejada de trovões no mesmo céu negro de tormenta. Seu corpo inteiro está preso em uma borrasca que não conhece piedade. Que ira o quê, que Deus o quê! Pergunta-se se poderá deixar passar mais um dia simulando inconsciência. E quantos dias levará envenenado. Quem sabe por que pensou em simular. O tira-dentes que tem como médico lhe disse que se tratava do vinho, porém esse idiota se envolve com superstições. Inclusive um feiticeiro índio dançando nu para pedir ajuda a seus deuses árvores com cara de urubus tem mais ciência do que ele. Ele foi, está seguro, levemente envenenado. Um ramalho de fúria o sacode. Vomita. Aparecem mãos marrons em seu feixe de luz. São seus índios. Dão-lhe pânico. Uiva.

— Não te preocupes, capitão, estou cuidando de ti, aquele que te atacou e sua família e seus amigos e os parentes de amigos e suas galinhas e suas alfaces estão secos. Matei todos eles. Além disso esses aqui são bonzinhos, vão à missa mais do que os curas, não te preocupes, vamos ver, olha para mim, faz como eu: primeiro bebe esse chá, depois inspira, expira.

A cabeça do soldado gato aparece em seu feixe iluminado com uma xícara na mão. Ele bebe o chá, lhe cai bem. Ele o imita, respira lento. Que boa ideia. Sim, é isso que ele vai fazer. É só fazer. Inspira. Agora os índios passam e o deixam quase tão indiferente como sempre. Expira. Observa-os. Um deles traz um pano para limpar o chão. Inspira. Outro lhe alcança um cálice de água e um jarro. Outro lhe oferece a bacia. Expira. Todos parecem recobrar existência, emergir de um fundo de sombras, quando se aproximam dele. Há de iluminar melhor seu dormitório. Se não tivesse tropeçado mil vezes em diferentes coisas nas noites mais escuras, inspira, juraria que só existe o que é alumbrado. Na verdade, se diz alumbramento e dar à luz para dizer parir, para dizer nascer. Dado à luz. Mas o escuro tão vivo, tão cheio. De índios. Expira. A água, limpa e selvagem, enxágua sua boca e, quando a cospe, cospe também o medo e a fúria. Ele se sente, agora, enternecido. Poderia estar morto em vez de um pouco envenenado. Inspira. Antonio quis fazê-lo dormir, não lhe dar morte. Bem, adiantá-la. Que esperto ele é. Crê recordá-lo cantando. A voz de menina. Expira. O rosto feio inclinado sobre o seu. A sombra crescendo até abarcá-lo e, no momento mais sombrio, a surpresa da umidade dos lábios na testa. Inspira. Como o roçar de uma daquelas plantas que gostam de água, o beijo. Um junco, um camalote florido, um yrupé. E uma maciez tensa despertando sem decoro. Inspira. Mas de quem a maciez? De quem a tensão? E que decoro? Expira. Água, diz, e outra vez as mãos aparecem do nada. Não se sobressalta. Sente o Gato respirando por perto. Segue com suas coisas. Inspira. O que necessita, pensa, são umas máquinas mãos, sem corpo, sem cabeça, com pés talvez, que o sirvam. Outra só com cabeça que recorde isso que o atormentava alguns dias atrás. Expira. Uma vida atrás. O de quantos ascensos post-mortem. Deixa a questão para depois. Bebe, bebe longamente. E decide permitir-se uma sesta. Inspira. E depois nem ideia. O sonho o abraça.

23.

Mitãkuña e Michī bailam ainda adormecidas. O canto dos seus as balança. Hão de estar suas mães, suas avós entre as cantantes. Movem a cabecinha, cantarolam, parecem sustentadas pela canção infinita que, como os dias, como as noites, não começa nem termina por nenhum lado. Continua, nada mais. Voltam a indicar para Antonio que se deite de bruços. Que tire a roupa. Só lhe permitem manter os calções. Parece um mapa a pele de Antonio. Sulcada por rios, montanhas, quebradas. As meninas tramaram as penas em uma rede de fios vegetais. Uma espécie de grande hexágono alongado nas costas e uma faixa compacta presa ao peito, àquele pedaço de couro feito adriças, puras cicatrizes, um penduricalho e dois mamilos que tem Antonio por peito. As penas que formam a base das asas são azuis, de um azul escuro e brilhante. São de frango-d'água grande. Acima há de todas as cores. Verdes, vermelhas, turquesa, laranja, amarelas, violeta.

— Levanta, ei, você.
— Mba'érepa?
— Para ver ele pássaro, Michī, tchê.

— Aqui estou, meninas.
— Está bem, você.
— Guyra ivaietereíva.
— Não, Michī, não é ivaietereíva, pássaro muito feio não, lindo é, porã, tchê.
— Ivaietereíva.
— Iporã.
— Ivaietereíva.
— Iporã.
— Ivaietereíva.
— Iporã.
— Parem de gritar, criaturas.
— Voa, tchê.
— Mas não.
— Sobe em uma árvore, você, tchê.
— Mba'érepa?
— Um pássaro-homem-mulher é você, tchê.
— Héẽ.
— Sobe, tchê.

Antonio obedece. Trepa pelos troncos das lianas que abraçam o yvyrá pytá. As raízes e folhas dos guembés o coroam, uma vez na copa. As meninas ficam embaixo, a dois passos da choça. Levantam a cabecinha. Antonio parece estar prestes a levantar voo. As asas sobressaem brilhantes, escuras e mosqueadas de cores. Os mamilos doces em seu peito áspero, atravessado pela faixa emplumada. As pernas curtas. Seus pés agarrados ao galho como garras. O nariz ganchudo. É um pássaro guerreiro que sobreviveu à guerra. As meninas baixam a cabeça para se mirarem entre si. Retomam a discussão.

— Ivaietereíva.
— Iporã.
— Calem-se.

— Canta, tchê, você, urubuzão.

Antonio canta a canção da Virgem do Laranjal. Canta com sua voz de menina. Tem os olhos das duas fixos nele, como frutos, outra vez. É um pássaro. É uma árvore de quatro frutas. É um guerreiro. É uma menina a mais. Mitãkuña conhece a canção. Cantam juntos várias vezes. Ensaiam variações. Tecem suas vozes como o guembé tece um tronco. Como a voz da jacutinga acaricia o arroio. Kuaru e Tekaka sobem ao seu lado. Se balançam, dão cambalhotas, agarrados pelo rabo, com a melodia. A Vermelha uiva baixinho. Antonio se cansa. Pede permissão para descer. Elas lhe dão. Tiram-lhe as asas cerimoniosamente. Advertem os macacos e a Vermelha para não tocá-las e vão procurar coisas pelo monte. Não dizem que coisas.

— Cantem enquanto caminham. Quero ouvir as duas.

Está feito, tia. Te contei o primeiro dos meus crimes, e hei de continuar, te juro. Vou te escrever a relação inteira, que é quase o mesmo que te contar a história da minha vida, não vou poupar um índio, nem um animal, nem um espanhol, nem uma árvore. Minto, minha querida, um homem não pode estar escrevendo a vida toda. Há de procurar um sustento. Está dito, o do suor da fronte. Que aqui tu transpiras mesmo que fiques tão parado como uma pedra. Porém as pedras não necessitam se mover: são sustentadas pelas outras. Todo o resto se move e as devolve quietas ao tumultuoso coração quente da terra, para crepitar até se liquefazer e borbulhar, ser empurradas para cima para ir se aquietando uma vez mais na fria solidez, e então se partir, e assim. Não, tia, não sei de onde veio isso das pedras. Devo estar dando voltas para não chegar ao que devo, minha confissão inteira. Serias testemunha a meu favor no julgamento do Senhor? Ainda não me respondas, espera.

Contar-te quero, para começar, de onde estou te escrevendo: desta selva, que é, para mim, uma espera. Estou esperando, tia. Sair vivo, claro, porém sair para onde, para quê? Esta selva é imensa, é um mundo dentro do mundo. Cheio de água: chove e chove e ainda me faz gotejar a mim e às plantas e aos animais e se diria que todas essas gotas se juntam com as dos rios, dos arroios, dos charcos grandes e pequenos e evaporam apenas para voltar a cair sobre nós. Estou sentado à beira de uma água, um lago talvez, em meio à folhagem de algumas árvores espinhentas, em uma terra que, coisa curiosa, não é vermelha. A terra é vermelha nesta selva ou são umas suaves, enormes pedras negras. Mas não aqui. Estou quedo, como uma pedra eu mesmo, afastado de minhas meninas, dos macacos e da Vermelha. Eu tinha dois cavalos, porém eles não voltam há dias. Servos não tenho, e se é que sou arreeiro, eu o sou por essas meninas. Elas são meu fardo. Menti um pouco para ti, eu sei, peço que me perdoes: tudo sucede tão velozmente, tia, e falsear um pouco se tornou meu costume nesses anos furiosos. Minto, querida minha, para poder viver. Apenas um pouco mais do que a maior parte, que pelo menos não costuma mudar de nome. Mas agora estou me confessando contigo. Estou cuidando delas, das meninas índias, prometi isso à Virgem do Laranjal, a do vilancico do "ceguinho, ceguinho, se uma laranja me ofertar". E eu sou cuidado pelos índios daqui, que, deverias escutá-los, cantam o dia todo como cigarras. Se as cigarras cantassem como anjos, talvez fossem anjos. Ou índios. Estamos rodeados deles, suas vozes chegam do norte e do sul, do oriente e do poente e das partes intermédias. Eles nos enviam comida, que é muito saborosa. Prometi à Virgem devolver as meninas vivas aos índios. Não sei por que não vêm buscá-las, por que ficam cantando ao nosso redor, por que fazem essa selva vibrar com um ar como de paraíso. Se o paraíso tivesse alguma vida mais do que a Dele.

São duas as meninas, tia. Muito pequeninas. Uma, a menor, Michĩ é seu nome, mal completou os primeiros dentes, e a maior, Mitãkuña, tem alguns dos novos e buracos no sorriso, que é esplêndido, tia, como os primeiros raios quando escampa depois de uma tormenta em alto-mar, como encontrar água pura em um deserto, como uma canção de ninar de tua mãe, ou de tua tia, querida, quando temes a escuridão sendo muito pequeno. Uma fala dia e noite, a outra mal sabe duas palavras; pergunta por que a tudo e diz que não a tudo também. Hoje disse mais uma palavra em sua língua selvagem. Feio, por minha causa ela falou, adivinhaste. Senti o chamado da Senhora assim que as vi; soube que era Ela, embora não houvesse luzes ou perfumes extraordinários. Eu soube. Ela havia me salvado a vida naquela mesma madrugada. Devia dar-lhes de beber. Uma delas era prisioneira do capitão, já vou te falar dele. Mediante uns ardis consegui libertá-la, e também os macacos, que estavam em outra jaula e não faziam parte da promessa à Virgem, porém quando abri as jaulas, continuei, não consegui me conter.

— Meninas! Meninas! Eu não as escuto!
— Estamos perto, tchê, não grita você.

Não sou um homem de grandes contenções, verás. E aqui estamos. Eu, te dizia, nas margens desta aguinha, sob esta folhagem, sobre esta terra marrom-clara e infestada de insetos que se comprazem em morder-me. Necessita um homem estar só por um tempo. E aquele que sempre esteve sozinho, exceto quando não era homem, no teu regaço, necessita disso como do ar. Ouvi o voejar de um colibri, ah, tia, se pudesses vê-lo, imagina um diminuto coração da cor da noite, batendo incessante e veloz, todo vestido de *arco-íris, e talvez assim consigas divisar uma sombra desse pequeno pássaro milagroso que gosta de libar flores com sua inquietude trêmula e fulgurante. Vi o brilho azulado da asa de um grande frango-d'água que passou sobre a água. Senti como uma matraca agitou o ar quente com suas asas, como falou, como o resto da selva entendeu o aviso e subiram, os macacos, até o mais alto, e voaram, os outros pássaros, para o mais distante, e se afundaram, os roedores, no mais profundo. Há de estar andando por aqui uma cobra. Ou uma jaguaretê. Eu estou quedo. Sinto o cheiro inebriante de um pau-santo. A urina que eu mesmo derramei e foi se enchendo de borboletas pretas e azuis com um azul brilhante como de Mediterrâneo e borboletas laranja e vermelhas e outras estranhas que têm desenhado o número 88 no reverso de suas asas: na parte que se vê quando elas as mantêm fechadas, tia. Porque as abrem e as fecham como se pulsassem. Também mirei a nuvem de insetos que se deleitam em flutuar na água. Tanto tempo os mirei, tia, que descobri que não se molham. Sim, passam o dia inteiro caindo sobre a água, não dentro, e remontando o voo outra vez quem sabe buscando ou achando que coisa, e não, não se molham. Patinam sobre a água. E toda vez que apoiam suas patas, o pequeno golpe faz círculos. Círculos que se multiplicam, perfeitos, uns aos outros cada vez maiores até desaparecerem. E não se chocam com os círculos que fazem os golpes dos outros insetos, como se cada um acontecesse em uma camada diferente de água e esta tivesse centenas delas, milhares. Há de tê-las, eu as estou vendo. Estou quedo, tia, tão quedo como não me lembro de ter estado desde o dia em que fugi do teu lado. E talvez nunca, que antes daquele dia me vi obrigado primeiro a buscar refúgio em ti e depois a buscar a porta do teu refúgio. Quedo estou, como jamais antes. E é essa quietude que me torna capaz de me confessar, de ter o peso necessário para ser o impacto e o centro dos círculos de um impacto, de muitos. Organizam-se ao meu redor e eu posso contá-los a ti. Posso te contar, por exemplo, que as meninas me pesam. Porém são formosas: suas mãozinhas pequenas, a forma como a menor agarra meus dedos, seus cabelos macios e muitos, os olhinhos cheios de cintilâncias, o jeito que a maior fala e fala comigo. Os sorrisos, tia, as linguinhas rosadas de filhote. Me pesam, as meninas: a elas devo essa quietude, essa detenção, essas horas sem mais ânsias do que escrever para ti, coçar-me ou comer. Vou comer, tia, já sinto o cheiro dos guisados índios. Devo, além disso, velar por minhas meninas. Por minhas âncoras. Será que a Virgem quis me dar raízes, tia, terra?*

24.

Deve reunir forças para enfrentar o dia, para recuperar sua autoridade. Entre essas bestas, há uma só forma. Há de fazer trovejar o escarmento. Ai. Expira, as cerimônias. Inspira. Ai, os tambores do patíbulo. Expira. Ai, a postura ereta. Inspira. Ai, a firmeza do comando. Expira. Preferiria dormir o dia todo. Inspira. Segue em sua cama. Quem sabe durma o dia todo. O Gato dá-lhe mais chá. Dá mingau em sua boca. Pede-lhe que fique tranquilo. Inspira. É bom para as ressacas. Ele o nomeia alferes secretário. Ordena que lhe tragam as vestes apropriadas. Ele se vira para a parede. Expira e adormece novamente. O alferes Gato recebe seu novo grau exultante. Reúne as tropas. Explica a situação do capitão. Promete-lhes que tentará conseguir clemência do militar pelas graves faltas cometidas. Ordena que saiam em pelotões para buscar ouro. Se não há ouro, que tragam os índios que o tenham. E que preparem os dez potros caso não queiram falar. Os esquadrões saem. O alferes Gato se ocupa ternamente do capitão. Agora, está lendo para ele aquele livro que está na moda em Espanha. Faz o Gato rir. E o capitão também.

Perguntou-lhe se tinha dinheiro. Dom Quixote respondeu que não trazia nem um tostão, porque nunca havia lido nas histórias dos cavaleiros andantes que algum o carregasse. O estalajadeiro disse que se enganava: que, embora nas histórias nada se falasse, por ter parecido aos autores que não era preciso mencionar uma coisa tão clara e tão necessária de se levar como eram dinheiro e camisas limpas, nem por isso haveria de se acreditar que não os trouxessem...

— Continua, Gato, por favor, continua lendo.

Coincidem nas gargalhadas o Gato e o capitão, que perde o controle e se urina todo. A um sinal do Gato, três índias se encarregam das impudicícias do militar. O capitão aprecia o gesto. Finge ignorar o que acaba de acontecer com ele. É uma vida amável, pensa o capitão, que começa a ver doces os olhos que até poucas horas atrás pareciam ladinos. Doces olhos teutônicos em uma cara de índio mau, diz-se. Que siga, que siga, e sorve seu chá. Volta a dormir, outra vez molhado de riso. O Gato sai para revistar suas tropas.

25.

Sobre o rio, a lua alumbra uma fatia do céu já desmaiado de laranja. Laranjas. Não conseguiu encontrar as laranjas da Virgem. Mas com esse céu e as outras frutas que trazem Kuaru e Tekaka, acredita que a promessa já está cumprida. As meninas cantam e os macaquinhos trepam com muita velocidade até o topo do palmiteiro. Roubaram a pluma de Antonio. Mitãkuña e Michĩ riem, Antonio grita.

— Desçam, símios de merda, desçam agora mesmo. Vou decapitar vocês se estragarem minha pluma. E comerei seus cérebros quentes. Desçam!

Michĩ lhe toca a perna. Antonio segue sua mãozinha com a mirada. Ela tem razão, poderia oferecer os frutos dos coqueiros-
-pindobas aos macacos. Com a espada do capitão, corta um cacho. Joga alguns a eles. Soltam a pluma. Voa, quase, Antonio, deslizando pelas lianas. Consegue atalhar a pluma que caiu lenta, rebatendo no emaranhado. As meninas continuam cantando. Kuaru e Tekaka descem. Pegam o cacho inteiro. Voltam a subir

no palmiteiro. A um sinal de Mitākuña, todos se sentam ao redor do fogo. Antonio também.
— Escuta, tchê, o que estamos cantando, você.
— Por favor, me diga.

Nossa mamãe a primeira
para seu corpo criou
no escuro de antes
as patas dos pés,
no escuro de antes de antes
as primeiras patas
os pés primeiros.

No escuro de antes
das tranças lhe cresceram
umas flores yvoty morotĩ com plumas
umas gotas de orvalho de antes
de antes são gotas de orvalho
de orvalho de orvalho de antes.

Metido nas yvoty morotĩ do
adorno das plumas,
o passarinho raio-trovão o colibri mainumby
de antes, de antes, o colibri mainumby
voa voa voeja
de antes de antes com as gotinhas
do orvalho de antes
voeja o colibri mainumby
de antes de antes.

Enquanto nossa primeira mamãe
tecia um corpo para si,

*havia um vento primeiro de antes,
de antes entre as gotas.*

*Das primeiras gotas
vinha o pássaro raio-trovão colibri mainumby.
Antes de fazer
sua casinha
antes de inventar
o céu celestial
o colibri mainumby lhe dava aguinha
que mamãe tomava do biquinho
e os mburukuja do paraíso
do passarinho raio-trovão Colibri
de antes de antes
lhe dava aguinha na boca
da nossa mamãe primeira.*

*De antes de antes
os coquinhos do paraíso
para a nossa mamãe primeira dava
de antes de antes
o passarinho raio-trovão mainumby
de antes de antes
lhe dava yvoty morotĩ na boca
para a nossa primeira mamãe
de antes de antes
as yvotyño perfumadas do paraíso
para a nossa primeira mamãe
de antes de antes,
o passarinho raio-trovão colibri mainumby.*

— Nahániri!
— Sim, tchê, Michĩ.

— Nahániri! Ñanderu.

— Não. Pai não é. Mãe é, Ñandesy.

— Nahániri! Ñanderu.

— Mãe.

— Nahániri.

— Estava o colibri, tchê, no começo, você, Antonio.

— Não. Estás dizendo superstições. Tens que ouvir a palavra de Deus.

— Superstições você, tchê. Deus come comida.

— Não. Deus não necessita de nada.

— Mba'érepa?

— Porque tudo está Nele, Michī. Como a árvore na semente e a selva na árvore.

— Nahániri, tchê. Uma árvore não é floresta, você.

— O Senhor fez o mundo, Mitãkuña.

— Mba'érepa?

— Bem, não sei. Ele quis assim.

— Mba'érepa?

— Se sentia sozinho?

— Não sei. Talvez.

— Então necessita, você, tchê.

— Talvez, Mitãkuña.

— Sapucai, você, tchê! O colibri lhe dá comida.

Mitãkuña põe um pote de água no fogo. Enfia cachos dos pequenos frutos vermelhos de um arbusto, añá-kti os chama. A água se torna sangue. Ferve. Os três cantam. *Oh, de antes de antes, o primeiro primeiro colibri, passarinho original, os frutos do paraíso, de antes de antes, para a nossa tia tia primeira, passarinho bonito, voa, voa, o colibri.* Mitãkuña tira o pote do fogo. A água é de um vermelho intenso. Enfia os dedos. Volta a ordenar que Antonio tire a roupa. Ele volta a ficar de calções e o pintam.

Antonio é outra vez um mapa. Outra vez é sulcado por rios, lagos, montanhas e abismos, agora coloridos. Ocorre-lhe que o que estão fazendo com ele é alguma espécie de cerimônia. Ele gosta, deixa-se levar. Quem sabe se essas meninas poderão dá-lo à luz. Que bem às cegas ele andou, *de antes de antes, o primeiro primeiro passarinho.* Elas o deixam sozinho por um momento.

Caiu o sol, tia. Os animais do ocaso estrilam. As meninas desenham seus estranhos signos na terra. Os macacos estão por um tempo, coisa rara, imóveis. Devo a ti, não me esqueço, a relação dos meus crimes. Deixa-me contar-te antes que sobrevivi a um naufrágio e sofri as febres do trópico e me salvou delas um escravo negro e maricas, a Cotita, na tenda que foi meu primeiro trabalho americano. Agora, minha primeira morte, a que dei, a que adiantei a alguém que, claro, minha querida, já a tinha dada, como tudo e todos. Foi assim: estava eu em Saña, no Vice-Reino do Alto Peru, e havia ido, já curado das minhas febres e bem estabelecido como vendeiro, à comédia, que o homem deve descansar e se divertir, tu estarás de acordo, bem sei. Minha vida era calma e plácida, querida minha. Levava os livros, vendia-os e anotava, fiava àqueles que meu amo havia me indicado e anotava, pagava as mercadorias e também as anotava. E naquele dia, que era de festa, fui à comédia. Estava eu no meu assento quando se postou um certo Reyes tão à minha frente, tão arrimado e com um chapéu de abas tão largas que impedia minha visão. Eu disse a ele em bom tom, e ele me respondeu no pior: "Cornudo", me disse, e que me cortaria a cara. Tia: esse foi o homem que me precipitou. Ou foi minha hombridade, minha honra. Ou as duas. Ou, quem sabe, talvez estivesse escrito que eu sairia de lá, que me acalmariam meus amigos, que eu iria na segunda-feira à venda como todas as segundas, que veria o tal Reyes passar uma vez e uma vez mais pela porta, que eu tomaria uma faca, que iria ao barbeiro, que pediria que a amolasse e deixasse cortante como serra, que ajustaria minha espada, a primeira que cingi, que veria Reyes com outro homem na porta da igreja, que lhe gritaria:

— Ei, senhor Reyes!
— O que quer?
— Essa é a cara que se corta.

Que lhe daria com a faca um refilão que lhe renderia dez pontos. Que o amigo dele sacaria a espada e viria até mim, que nós dois nos jogaríamos e eu enfiaria a ponta da espada em um dos seus flancos, que lhe passaria do outro lado e ele cairia. Assim, minha querida: breve e veloz como eu te conto. Talvez mais breve e mais veloz ainda. Que eu entraria na igreja, mas o corregedor viria atrás de mim e me arrastaria para fora, e que esta seria minha primeira noite de prisão americana, com os grilhões e o cepo colocados. Que a noite seria longa, minha querida, mas não minha pena: viria meu mestre de Trujillo, faria mil diligências até que eu fosse devolvido à igreja, e lá ficaria três meses até que se solucionasse o pleito. Que o homem que eu havia derrubado perderia muito sangue porém não morreria.

— Ei, quieto, você.
— Estou quieto.

Elas o desenham, agora. O torso de Antonio se preenche de formas geométricas. Mitãkuña murmura em sua língua. Não sabe, Antonio, o que é esse jogo. Ele as deixa. Terminam, ou se entediam, e se vão. Cantando, para que as ouça, cantam todo o dia e mais alto quando se afastam dele. Os cavalos já não voltarão. Tomara que tenham encontrado seus pampas. Estas selvas não são vida para corcéis.

* * *

Que meu senhor pretenderia casar-me com sua querida, prima do tal Reyes, para reparar o erro, que eu não queria, que ele porfiaria sobre os dotes da dama e a conveniência da união, que me mandaria visitá-la em sua casa, que ela insistiria em dormir comigo e eu não queria, que ela me encerraria, que eu teria de me impor com as mãos para poder fugir; que diria a meu amo que de maneira alguma faria tal casamento, que ele aceitaria minha decisão e me mudaria de venda. Que partiria rumo a Trujillo, para começar outra vez, acreditava eu, uma vida reta depois deste pecado. Que aos dois meses de trabalho na venda do meu amo, assim como tinha trabalhado na de Saña, um escravo me avisaria que havia na porta alguns homens que pareciam trazer uns broquéis, que eu daria aviso a um amigo, que este viria, que sairíamos e de imediato nos atacariam. Que a sorte quereria que minha espada perfurasse e, desta vez, matasse um deles. Que meu amigo correria para a igreja, que a mim prenderiam, mas, perguntando-me o corregedor quem eu era e de onde vinha, e contando-lhe eu que era de Biscaia, me diria em basco para correr quando passássemos pela porta da igreja. Que assim eu faria, tia querida, e ali restaria até a chegada de meu amo, que seguiria meu julgamento e lograria que eu saísse livre. Que me pagaria meus soldos, me faria duas vestes e eu partiria para Lima. E que, desde esse momento e até agora mesmo, minha vida seria como uma rocha caindo por uma ladeira muito pronunciada. Veloz e aos tombos — bruto, cego e surdo-mudo — vivi, sem saber deste mundo quase nada mais, tia querida, do que um animal perseguido. Mais do que o cervo que terão desjejuado a jaguaretê e seus filhotes, e logo mais o urubu terá almoçado. Porém não fui um cervo. Fui um animal feroz, tia. E matei pela minha honra ou pela minha vida ou porque era soldado ou porque vinha, tia querida, como vem um alude, matando e desabalando, e quem detém um alude? Uma canção, tia, umas meninas borralheiras, um sonho em voz alta, uma promessa malfeita. Uma laranja, querida.

26.

Transtornados chegaram. Pálidos. Com a mirada perdida ou vendo algo que só eles e que seria o próprio inferno. Dias e muitos mortos tardaram os esquadrões para encontrar uma pepita. Andam sem ouro os índios da selva. Mas encontraram três que o tinham. Foram trazidos pelos dois únicos sobreviventes dos cem soldados que enviou. O alferes Gato, sentado no gabinete do capitão, ordena que recebam cuidados, comida, banho. Feito isso, vai ao que importa. Encara os índios e lhes pergunta de onde tiraram o ouro. Como não atinam em responder, não entendem castelhano, Gato chama dois escravos para que sejam suas línguas. Como dizem não saber, ele os faz arrastar de seu gabinete, o do capitão, para a sala de interrogatório. Ao potro. Eles os amarram pelos tornozelos e pulsos a rodas que giram em sentidos contrários. Vai também ele mesmo. Senta-se diante deles. Como porfiam em sua ignorância, lhes faz dar uma volta. Como continuam porfiando, agora pedindo piedade e chorando, lhes faz dar outra volta. E outra. E outra. Um deles jura que choveu ouro em sua aldeia. Este o Gato manda esquartejar volta a volta. É sabido que o ouro não chove. Vendo a sorte do anterior, outro diz que lhe foi dado por um inca na montanha. Liberta-o. Ordena que seu corpo seja amarrado a um pau para mantê-lo inteiro. Ele é acorrentado à sela de um cavalo e seguido por um pelotão na direção da montanha. O último jura que o encontrou sob as raízes das árvores. Que há algumas em particular que são formosas de se ver. Que crescem à beira dos rios. Que cheiram a paraíso. Que suas próprias flores são como de ouro. Pequeninas, em cachos, de um amarelo intenso como o sol. Que ele vai mostrar-lhes. Parece ao Gato que este diz a verdade. Conhecido por todos é o gosto do ouro para andar entre a terra e a água. Manda-o descansar e ser atendido pelo tira-dentes. Chegará o tempo de ir em busca daquelas pequenas árvores que florescem douradas. Volta aos aposentos do capitão, para lhe dar sua tisana e seu mingau na boca. Milico de merda, maricas. Leva quase duas semanas sem conseguir se curar. Mas que prazer ler para ele este livro engraçado.

Digo que estava amarrado à azinheira, nu da cintura para cima, e um camponês, que depois soube que era o amo dele, estava lhe curtindo o lombo com as rédeas de uma égua. Mal o vi, perguntei a causa de flagelo tão atroz; o bronco me respondeu que o surrava porque era criado dele, e que certos descuidos que tinha eram mais por ser ladrão que bobo. Mas este menino disse: "Senhor, só me surra porque lhe peço meu salário". O amo respondeu não sei que lenga-lenga e desculpas, que não aceitei, embora as tenha ouvido. Em suma, fiz o camponês desatá-lo e jurar que o levaria consigo e lhe pagaria um real sobre outro, e benzidos ainda por cima. Andrés, meu filho, não é verdade isso tudo? Não notaste com que autoridade dei as ordens, e com que humildade ele prometeu fazer tudo quanto lhe impus e notifiquei e quis? Não te perturbes nem hesites em nada: responde, diz o que aconteceu a esses senhores, para que se veja e se considere como é proveitoso o que digo, haver cavaleiros andantes pelos caminhos.

— Tudo o que vossa mercê disse é a pura verdade — respondeu o rapaz —, mas o fim do negócio foi justamente o contrário do que vossa mercê imagina.

— Como o contrário? — replicou dom Quixote. — Então o camponês não te pagou?

— Não só não me pagou — respondeu o rapaz —, como, assim que vossa mercê foi embora e ficamos sozinhos, me amarrou de novo na mesma azinheira e me deu outra sova que fiquei como um são Bartolomeu esfolado; e, a cada lambada que me dava, me dizia um gracejo e uma pilhéria para zombar de vossa mercê, coisas que até me fariam rir, se eu não sentisse tanta dor. Na verdade, ele me deixou em tal estado que estive até agora me tratando num hospital dos males que esse bandido desgraçado me causou então. Toda a culpa é de vossa mercê, porque se tivesse seguido seu caminho e não fosse aonde não era chamado, se não se metesse nos negócios alheios, meu amo teria se contentado em me dar uma ou duas dúzias de açoites, e logo teria me soltado e pagado tudo o que me devia.

— Pois já vês, Gato, não é possível ajudar ninguém. Para ajudá-lo, tens que trazê-lo para viver contigo. Tu vives comigo, Gatito. Hei de ajudar-te.

— Senhor, espero que não como dom Quixote, senhor.

Entre gargalhadas encerram a noite os dois homens. Logo chegaria o dia de amanhã. Logo contaria ao capitão sobre o ouro. Logo. Quando encontrasse um pouco. Já se via capitão ele mesmo, espanhol por ouro, por direito.

27.

Antonio já não usa suas vestes. Anda pintado da cabeça aos pés de rios rosa e listras pretas e franjas vermelhas. Cobrem-no quase inteiramente. Já quase não se veem nem suas cicatrizes. Ficou apenas com o calção, um pedaço de tecido uma vez branco e agora terroso. Estará deixando de ser um cavaleiro? Cantarola. Se banha no rio. Come as comidas dos índios, que, está percebendo agora, estão mudando seus cantos. Cada vez cantam menos as mulheres e as crianças. E mais os homens. Soam como guerra esses cantos. Haverá de se preocupar? As meninas têm que estar a salvo. Decide fazer uma casa em uma árvore vizinha, não a yvyrá pytá que lhes deu abrigo e frescor durante as sestas tórridas, mas outra de sua espécie a uns quinhentos passos que, coberta de flores e plantas com folhas grandes e raízes, é um bom lugar para esconder meninas. Conta seus planos a Mitãkuña. Ela os acha razoáveis. Começam a juntar galhos e folhas longas e cumbucas. Antonio, de sua parte, afia a espada e o punhal. Limpa seu arcabuz e sua escopeta. Lamenta que Orquídea e Leite não tenham voltado. Embora goste de imaginá-los livres.

Galopando. Começam, também, a empilhar pedras. Michī junta formigas-tigre em um coco. É um bom plano. Se não fosse porque escapam, sobem em seus braços e a mordem. Chora. Antonio acalma-a. Ela escapa do abraço dele. Corre para um arbusto. Corta uma folhinha. Esfrega nas feridas. Antonio as vê desaparecer. Pensa que não é possível. Se não fosse a pressa, ele se deteria nesse pensamento e na pele de Michī. Não se detém. Talvez fosse melhor trepar nas pedras, nas rochas pretas e polidas que sustentam as cascatas. Ir atrás das cascatas, ao lugar dos jesuítas. De lá, seria fácil voltar para a Espanha, acredita. Podia levar as meninas. Tornar princesas essas duas ferinhas formosas. É preciso pensar nisso. Não parece urgente. Se esquece. *O primeiro raio-trovão de antes de antes refresca a boca da mamãe, de antes de antes.* Hora de escrever.

As laranjas também caem. E rolam, minha querida, como rolei eu. Até Lima, daquela vez. Quisera eu descrevê-la para ti, recordo vagamente sua grandeza, recordo dela o que era Espanha. Mas uma Espanha estranha, cheia de um ouro que trazia sinais de um mundo outro, o dos índios que corriam daqui para lá sempre cabisbaixos, ou do seu sangue, porém o ouro tão solar e tão escuro como sempre nos conventos, nas igrejas, na universidade e no arcebispado. Mas pouco haveria de mirá-los, apesar de o ouro ser chamado pelo esplendor, essa espécie de fome que dá, urgente porém leve, minha querida, uma ânsia das que não me governam. A mim, nunca me governou o ouro. A rota me governaria, uma vertigem de fugir, a perseguição. Às vezes creio que tive uma vida de lebre em um campo cheio de cães. Porém logo recordo quantos cães esquartejados eu deixaria no caminho. Em Lima, nenhum. Permaneceria lá por pouco tempo, apesar de ter me estabelecido em uma nova venda com um novo amo, e de ter trabalhado ali com suma concordância de ambos. Tinha meu mestre uma mulher e sua mulher duas irmãs donzelas que se curvaram a mim, querida. Sim, suponho que tenhas adivinhado: as donzelas se curvariam a mim tanto quanto se curvaram ao teu irmão, meu pai. E como talvez também se tenham curvado a ti, querida, tão linda foste e ainda serás, tão bela e regente, tão prioresa, tão forte tu. Te curvas, por tua vez, tia? Eu me curvo. Dessa vez não, dessa vez eu estaria com a cabeça recostada no colo de uma das donzelas, a que gostava de me pentear, e andaria entre suas pernas quando meu amo passasse. Ai, tia, o que teria me levado a esquecer de fechar as janelas, por que não esperar dois dias até que meu amo perdesse a cólera, por que correr para a milícia, para me somar às seis companhias que estavam levantando para Chile? Passados três dias, meu amo iria querer que eu voltasse para ele. Mas eu me deixaria levar por minha inclinação, querida, aquela que sempre me governaria acima de todas as outras, e aquela que talvez eu tenha perdido ou talvez não tenha, não sei ainda: queria eu andar e ver o mundo. Andaria, andei. Porém pouco veria. Agora estou vendo, querida: as meninas desenham no meu corpo. Contam-me como foi criado o mundo, acreditam que foi criado por uma deusa alimentada por um colibri. A maior diz que foi uma mãe a criadora. A menor se irrita, diz que foi um pai. Mas nenhuma das duas discute o colibri. Meu corpo está pintado completamente, não acerto saber se é para a guerra ou para um batismo, talvez me façam delas as meninas. Acho que são meninas bruxas. Não devemos voltar para Espanha, me dói te dizer isso. Seriam queimadas.

— É uma óga boa, viu, você.
— Se vierem aqueles que são como eu, vocês vão se esconder lá.
— Héẽ, tchê. Não vão te reconhecer.
— Acho que é melhor assim, Mitãkuña.

— Mba'érepa?
— Porque te tirou da jaula, tchê, Michī.
— Mba'érepa?
— Prometeu à Senhora, a mamãe de Deus, tchê.
— Mba'érepa?
— Não sei. Por quê, hein, você?
— Esqueça isso. Não hão de nos pegar.

28.

Agora sim. O capitão está de pé em seu quarto. Gato traz-lhe suas vestes. Serve-lhe sua tisana. Passa-lhe o pente até deixar bem tapada sua calva. Volta a recordar-lhe dom Quixote. Ignacio está, apesar das risadas, melancólico. O teatro do poder o contraria, está cansado. Mas se ele não se levanta e dá as ordens de morte, se não permanece ereto durante toda a execução, como há de sustentar sua autoridade? Bem sabe Deus que preferiria ir ao rio para tomar um banho. Passar o dia flutuando como um camalote e comendo uvas enquanto seu novo secretário lhe lê esse livro tão cômico. Gato lhe fala do trabalho dos homens. De como quase todos se afanaram em intermináveis lavores para remediar suas faltas. De como capturaram índios com ouro. De como os fizeram falar. De como resultou que um deles dissesse que debaixo de umas árvores de flores douradas nas margens de um certo rio se encontram pepitas. De como voltaram apenas dois homens dos cem que enviou. De como estão brancos como fantasmas e não falam. De como o terror os comeu e os retém em suas entranhas. De como parece ser esta uma terra de uns índios cantores e de muita pontaria com as flechas. Ignacio ordena que se cale. Mas depois pergunta por que disse quase todos. Gato lhe diz que há um grupo de rebeldes. Que o cabecilha é o tal Domínguez. Que exigem regressar a Espanha. Que preferem o cárcere mais vil a esta selva. Que não hão de sair em busca de nenhum ouro, que a única coisa que parece existir é a morte. Gato mente. Domínguez e os outros o humilharam mais de uma vez. Índio de merda, maricas, lhe disseram. Para o capitão, dá igual. Tem de justiçar alguns deles. Podem ser estes ou outros. Ele ordena que Gato vá e faça com que as tropas se formem na praça. E os índios, que aqueçam os tambores. Onde o fazem sempre. Perto do patíbulo. Imagina o tremor de seus soldados. Expira longamente e deixa de prestar atenção na respiração. Está refletindo sobre o alívio dos índios. Por um lado, a eles se mata sem música. Por outro, que soldado não lhes perpetrou uma ofensa, uma camaçada, uma tortura? Hão de sonhar com legiões de tambores que soam para cada uma dessas bestas. Eles os fabricam a cada noite. Pintam-lhes coqueiros-pindobas. Yararás. A selva inteira. E no couro seus monstros. Suas bestas feitas de partes de animais com corpos de homens. Para invocá-los, para encolerizá-los com golpes, para lançá-los contra a morte branca que lhes chegou nos navios. Pintam com tinta invisível os muito ladinos. Uma tinta cujas linhas ígneas se iluminam quando tocam a música do patíbulo.

Chega, ao capitão, o cheiro dos couros amornando-se como a ordem de um superior. Lança-se firme ao dia. Ultrapassada a porta de seus aposentos, o sol lhe fere os olhos. Vai cumprir com o dever. Quanto ele daria para passar o dia inteiro papando moscas. Não dá nada. É homem nobre e é militar. Deve, em princípio, garantir que a autoridade seja respeitada e respeitá-la ele mesmo quase sempre. Mesmo compreendendo, como compreende, o asco de seus homens pela aguardente índia. O desejo de vinho de Rioja. As ganas de alguma festa que faça esquecer por um tempo esta terra feraz. Estas febres. Esta traição se aninhando em cada galho. Em cada par de olhos. Mesmo nos das aranhas que são mais de um par. Marcha, para cumprir o dever, o capitão até o centro da praça. Seus soldados, formados, empalidecem. Tempo tiveram para agrandar entre eles as malfeitorias do secretário fugaz. O fugitivo. O desespero para não serem eles os comidos pelos urubus esta noite os atormenta. Pai nosso, que estais no céu. Que não seja eu. A traição espreita nos próprios irmãos de armas. Naqueles com quem lutaram lado a lado. O capitão está convalescente. Seus olhos naufragam em olheiras violáceas. Queira Deus que a força o abandone em breve. Designa:

— Tu, Domínguez, seu porco. E tu, que devias saber que não se pode beber em uma noite de luto, como se fosse festa pagã, o vinho para um ano. E tu.

Poderiam ser mais. Poderia mandar enforcar meio regimento, ou o regimento inteiro, e seria justo. Mas ficar sozinho no meio dessas selvas. Já estão sujeitos os condenados. Pedem, em vão, misericórdia. Lembram a seus companheiros de ter salvado a vida deles. Ter partilhado com eles a última migalha de pão. A cantimplora no deserto. O abrigo nas neves. O que grita é o corpo. Suas almas sabem que são culpadas. Não encontram brecha na certeza de que fariam o mesmo que estão fazendo os outros se tivessem tido sua sorte.

— Confissão!

Grita o Gato com seu forte sotaque americano. Seus pômulos talhados a cinzel e olhos de um verde que surpreende. Uns olhos que não são espanhóis nem índios. Uns olhos que parecem uma advertência cainita. É a primeira vez que Ignacio os vê à luz do dia. O Gato lhe acerca cadeira, água e frutas sumarentas. Oferece-lhe uma tisana nova.

— Se me permitis, meu capitão.

E toma o primeiro trago da tisana. E depois outro. E depois mais outro. O capitão se anima e toma o resto. Começa a se sentir melhor. A energia nova da tisana nova viajando em seu sangue lhe dá forças para mandar apresar outros dois. Os mais biliosos. Um manco e um caolho que nunca lhe agradaram. Sente vontade de pendurar um dos padrecos, que esperto o Francisco que lhes inventou guardas, mas se contém. Há que se escolher as batalhas. Mais berros e impropérios. Se entretém um pouco. Restaurar a ordem pode ser tedioso com tanta cerimônia. Mas tem seu encanto. Sente como o corpo enfermo de suas tropas se cura ao mesmo tempo que o seu. Mais súplicas e maldições. Em vão, pensa, e se envaidece. Chocam-se contra o muro de seu dever. Sustentado por ele mesmo todo o seu exército. Qual outra, além de si mesmo, é a razão da obediência de seus homens? O que impede esses idiotas de se rebelarem aqui onde estão, longe do mundo? Ele mesmo, Espanha. Que boa tisana. Que fortuna esse americano gato. Os tambores soam tão furiosos que os pássaros quase obscurecem o sol enquanto fogem. Assiste, o capitão-general, sentado às execuções. E lhe dão, novamente, ânsia de vômito.

—A piedade, senhor, é uma virtude cristã, já sabes. E ainda mais cristão é o sacrifício de cumprir com o dever: o Senhor te recompensará pela lealdade ao Rei, o nosso, o de toda a cristandade. Vai te dar o pão e os dentes e as medalhas para que pendures em cima da barriga depois de comer. Toma outra tisana, presta atenção, e vais ver como te ajuda a te recuperar da dor do dever cumprido.

Caçambeiro o americano, fingir que confunde ressaca com piedade. Porém bom médico e bom leitor, já provou o suficiente. Ordena-lhe que envie uma companhia com o índio que diz que há ouro sob as raízes das árvores. A segunda tisana lhe tira o asqueroso fastio que a representação lhe causou. Pode voltar, agora, para seus aposentos e depois ir para o rio. O Gato e os mais fiéis podem banhar-se com ele. Poderiam depois jogar cartas e cantar. Ordena levarem toalha, comida e vinho. Um pouco restou.

29.

As meninas querem saber. Despertam. Desfolham o casulo que formam todos juntos quando dormem. Levantam e perguntam. Tudo.
— Por que eles estão queimando, hein, você?
— O que está queimando?
— Gente.
— Mba'érepa?
— Bem, porque eles pecaram diante de Deus.
— Deus gosta disso, é?
— Purifica, o fogo, Mitãkuña. E pacifica Deus.
— Comem eles?
— Não! Isso só os selvagens é que fazem.
— Quem são os selvagens?
— Mba'érepa?
— Vocês, os de vocês.
— Nós da selva somos selvagens?
— Sim.
Os cantos dos índios tornaram-se cada vez mais ferozes.

Provocam comichões nas feridas de guerra que tem em todo o corpo. Também o picam as ganas de escrever. Ele tem tudo pronto e voltou a se vestir, embora não tenha tirado as pinturas nem sequer do rosto. As meninas sabem que têm de subir na árvore. E fugir ali de cima para suas famílias. Suas famílias estão perto, lhe disse Mitākuña, eles estão seguros. Mas as vozes. Os cantos aguerridos. Estão seguros, insistiu a menina, e Antonio acredita nela, por ora. Embora a matraca que os visita todos os dias grite. As matracas falam. Alertam do perigo. Há perigo. Tem que terminar o que prometeu. Será que vai conseguir que a carta para a tia chegue? Será que ele mesmo vai levá-la, com suas meninas vestidas de príncipes e ele mesmo de rei índio? Melhor escrever.

Não veria nada. Nem o que eu mais gostaria de ver naquela noite, a mais escura da minha alma, em que não, não vi, tia. Serei veloz, veloz, como velozes foram os tempos que me atravessaram. E não seria a única coisa que me atravessaria. Vamos, vamos, mais rodeios para quê, digo-te já: eu me acharia rapidamente no reino de Chile. Seria tal minha sorte que a lista da milícia a passaria Miguel de Erauso, meu irmão mais velho, a quem eu não conhecia por ter ele partido sendo eu de dois anos mas de cuja existência eu sabia. Tomaria a lista, perguntaria os nomes e procedências, e ao dizer eu que sou da Biscaia, viria abraçar-me e cumprimentar-me em basco, pois não se encontrava com um compatriota desde que tinha saído de Espanha. Terminaria eu como seu soldado, comendo de sua mesa por três anos, desfrutando de uma irmandade que me havia sido tão desconhecida quanto seria secreta: só eu saberia. Tive de me alegrar com o afeto dele, um amor que eu acreditava vedado para mim desde que fugi do teu lado, um amor impossível, tia, o da família, o das costas cobertas, o do lugar ao qual voltar. Pois para onde haveria de voltar? Para o teu lado? O que faria um homem, um soldado, em um convento? Eu tive meu irmão. Porém às vezes eu o acompanharia até a casa de uma dama que ele tinha ali, e ela se curvaria para mim, e eu voltaria sozinho em outros momentos, e ele me veria e me esperaria na porta, e me atacaria, e forçado eu me veria a me defender. O governador tomaria conhecimento e me enviaria para o inferno de Paicabí, onde eu estaria sempre de armas na mão por causa da grande guerra que os araucanos fariam contra nós. É curioso, tia: a guerra afasta as regras, até mesmo as das mulheres. Nunca padeci delas desde então. Alojados cinco mil homens nas planícies de Valdivia, teríamos grande trabalho, mas os venceríamos e faríamos grandes destroços em quatro assaltos. Até o quinto: ali os destroçados fomos nós, nos matariam muitas gentes e capitães e até meu alferes, tia querida, e levariam nossa bandeira. Mesmo muito golpeado em uma perna, sairia atrás deles, mataria o cacique que a levava e atropelaria com meu cavalo, aplastrando, matando e ferindo infinitos outros. Terminaria bem ferido: atravessado por três flechas e com uma lança cravada no ombro esquerdo, que me doía muito. Viriam por mim alguns, e entre eles meu irmão, que me seria de grande consolo. Ai, Miguel. Nove meses demoraria minha cura e ao meu lado ele esteve todos os dias. Ao cabo deles, meu irmão levaria a bandeira que eu havia recuperado e me fariam alferes, tia. Cinco anos servi como alferes.

— O que é alma, tchê?
— Mba'érepa?
— É... bem, o espírito de uma pessoa, Mitãkuña. Porque sim, Michī.
— O que é espírito, você?
— Como Ka-ija-reta, que está lá mas não se vê, a parte que nunca morre, o incorruptível. Me deixem só, vão cantando.

— É selvagem, você?
— Não sei, Mitãkuña. Vão passear. Cantem.
— E as laranjas, tchê? Por que você não procura elas, você?
— Procurem vocês, vão cantando.
— Mba'érepa?
— Você já sabe por quê, Michĩ.

Eu estaria na batalha de Purén, onde foi morto meu capitão, e seis meses estaria eu no comando da minha companhia, tendo neles vários encontros com índios e sendo ferido de flechas. Em um deles eu toparia com um capitão de índios já cristão e, batalhando com ele, eu o derrubaria do cavalo e ele se renderia a mim. Como ele vinha fazendo-nos sofrer muitas mortes, preso da dor e da ira, eu mesmo o faria pender de uma árvore. O governador, que o queria vivo, ficaria sentido e diria que por isso não me deu a companhia, iria dá-la para outro capitão, prometendo-me uma assim que houvesse oportunidade, e me daria licença para voltar a Concepción. Como uma rocha, tão cego, surdo e mudo, eu seguiria caindo, querida, convencido de avançar, sem sequer ter um horizonte. Como seria possível avançar sem direção? O que seria avançar se não um ir daqui para lá?

Mas, ah, tia, a Fortuna! Como torna as ditas em azares. Estaria eu um dia quieto na Concepción e me encontraria com outro alferes em uma casa de jogos junto ali. Começaríamos a jogar, iriam correndo o jogo e os tragos, e em uma diferença que se oferecia, presentes muitos ao redor, ele iria me dizer que eu mentia como um cornudo. No mesmo instante lhe entraria minha espada pelo peito. Viriam muitos para cima de mim, tantos que eu não conseguiria me mexer. O auditor-geral me faria perguntas, eu responderia que só iria depor diante do governador, me golpeariam, nisso entraria meu irmão e me diria em basco para tentar salvar minha vida. O auditor me agarraria pela garganta, eu, punhal na mão, lhe diria que me soltasse, me sacudiria e lhe desferiria um golpe, perfurando suas bochechas, ainda me segurando lhe daria outro e ele me soltaria. Sacaria eu minha espada, cairiam uma vez mais muitos sobre mim, eu me retiraria em direção à porta, evitando algum empecilho que havia, e sairia, entrando na igreja de São Francisco, que estava próxima, e ali saberia que estavam mortos o alferes e o auditor. Acudiria o governador e cercaria a igreja por seis meses. Proclamaria um edital prometendo um prêmio a quem me capturasse e que em nenhum porto me fosse dada embarcação, até que o tempo, que cura tudo, temperaria esse rigor e se removeriam as guardas. Iria cessando o sobressalto e eu ficaria mais desafogado e com visitas. Proporia me emendar, uma vez mais, desejaria começar outra vez, ficar longe das cartas e dos jogadores, falar com o cura, ler, caminhar nas matas, pescar. Tudo tive que fazer, querida, para não voltar.

Porém sendo este tempo, viria um dia meu amigo alferes e me diria que tinha tido umas altercações com um tal, e o havia desafiado para aquela noite, às onze, cada um levando uma testemunha. Eu ficaria um pouco em suspenso, receando, e ele me diria: se não vos parece, não seja; eu irei sozinho, que não hei de confiar em outro a meu lado. Eu pensaria: porém, em que ponho reparo? E, má sina a minha, aceitei.

Depois da oração, sairia do convento e iria à casa do meu amigo. Comeríamos e conversaríamos, de quê?, te perguntarás, de que falam dois homens enquanto comem minutos antes de matar ou morrer, e eu, tia, não posso te responder: não me lembro. Minúcias, creio. De qualquer maneira, ouvidas as dez, sairíamos para o posto combinado.

— Não morre nunca, tchê, a alma espírito, você?
— Não, Mitãkuña.

— Mba'érepa?
— Porque não, Michī. Morre o corpo, não a alma.
— Com Deus se vai, com os anjos selvagens?
— Mba'érepa?
— Bem, se morrer confessado, sim. Os anjos não são selvagens.
— Mba'érepa?
— Porque não, Michī. Porque selvagem é mau e tonto.
— Nahániri!
— Por que é tonto?
— Porque não conhece a Deus Nosso Senhor, nem os cavalos, nem o valor do ouro, nem as armas de fogo, nem o rei, Mitãkuña.
— Por que é mau?
— Bem, pelas mesmas razões.
— Nahániri!
— Nahániri!
— Calem-se. Deixem-me escrever um pouco mais.

Era noite tão escura que não víamos as mãos um do outro. Para que te contar, tia, cada lance? Cairiam meu amigo e seu inimigo, e seguiríamos nós dois que estávamos de pé, até que minha espada lhe entraria, soube mais tarde, sob o mamilo esquerdo. Ali do chão.
— *Ah, traidor, parece que me mataste.*
Gritaria o caído e pediria confissão. Querendo não reconhecer a voz que reconhecia, iria perguntar seu nome. Miguel de Erauso, me diria. Com um raio atravessando-me, sem entender ainda o que já entendia, eu correria. Como é que a dor te derruba um tempo depois e não no momento de fazer a ferida, tia querida? Eu lograria chegar à igreja de São Francisco, estava a uma corrida

curta, mandaria dois religiosos e cairia cada vez mais rápido e mais rompendo-me, se é que pudesse haver maior queda e maior destruição. Já estava caído. Como é que segui rolando? Sendo golpeado. E merecendo cada golpe.

30.

— Vivo. Que me tragam vivo o traidor.
— Vais matá-lo devagarinho com as próprias mãos, capitão?
— Deves calar-te, idiota, e cumprir tuas ordens em silêncio.
O novo secretário não se ofende nem teme: sabe para onde vai. E quão alta é sua escada. Trepa. Pensa só nessa altura que vai salvá-lo das escarradas. Mesmo que tenha que subir banhado de catarros. Resvalando no ranho de qualquer uma dessas bestas. Como o desse imbecil. Dom Segundo dos Penteadinhos certamente era como o chamavam em seu povoado. Ele comanda mais um esquadrão, dez homens com dez cavalos. Os dez que parecem mais despertos. Deve estar bem próximo seu fugaz antecessor no cargo. Que louco de merda! Por que roubar índios nessa terra vermelha cheia deles? O escudo, a espada, a bolsa, duas indiazinhas, dois cavalos. Um imbecil perdido. Um idiota. Deve estar por aqui. Quem sabe, talvez fundando um novo reino. O escudo, a espada, os índios. Falta-lhe um cura e mais espanhóis. Talvez outros estejam esperando por ele. Lá, escondidos na selva. E como vai fundar um novo reino com o mesmo escudo, a mes-

ma espada, os mesmos índios, os espanhóis mesmos? Logo haverá oportunidade de interrogá-lo. Agora para as montanhas, buscar mais ervas para dom Segundo, que vai acordar de novo. E ele ainda nos estágios iniciais. Por que vai querê-lo vivo?

Antonio não está, é verdade, muito longe. Menos longe está a quadrilha: cai a noite, são picados por insetos, as tochas se refletem em milhares de pares de olhos que brilham como se tivessem luz dentro deles. Como luzes más.

— Por que cantam? O que estão cantando?

— Guerra eles cantam, o que vão cantar, seu mentecapto? Estão longe os cantos, preocupa-te mais com o que pisas. Há de haver serpentes.

— Pois se já te falei, elas se afastam dos cavalos.

— E eu te disse que abri uma que tinha um cavalo inteiro dentro, mal digerido, que parecia um nascituro.

— Essa não foi uma cobra daqui.

— Foi sim, homem, foi quando chegamos, porra, já te contei mil vezes.

— Vão se aleijar. Não se pode galopar na selva.

— Vamos atá-los. E sigamos a pé.

— É por isso que os cortamos em pedaços e os jogamos para as feras, aluado. Seria como deixar cordeiros atados em território de lobos.

— Que lixo de sujeito o secretário cantor.

— Pois sim que

Não termina. Cai seco o soldado no chão atapetado de samambaias. Uma pequena flor vermelha brota em sua garganta. Foi um dardo. Todos se lançam ao seu lado, debaixo dos cavalos. Outros três soldados florescem, também, de flores vermelhas. Uma legião de vermes azuis entra em suas flores.

— Pai nosso que estais...

— Não é hora de rezar. O arcabuz, passa para mim.

— Procura tu, eu é que não vou ser comido por vermes.
— Passa para mim, imbecil, ou na volta eu te enforco como traidor, que sou teu alferes.
— E meu irmão mais novo.
— Passa para mim.

Com o punhal do irmão na garganta, o mais velho mal emerge. Sua mão branca tateando a montaria brota em flor, também, de morte. O arcabuz cai no chão e dispara. A bala atinge o rosto do irmão mais novo. Os mortos se sacodem, crepitam seus ossos, desinflam. Restam cinco. Mal se atrevem a respirar. O urubu se precipita com essa forma espiralada que os urubus têm de se precipitar antes de despedaçar o jantar. Não chega a fazê-lo. Percebe a respiração agitada dos cinco. Volta ao céu. Plana tranquilo. Nunca lhe falta comida. Nunca lhe falta nada. O mundo se desdobra a seus pés, enlouquecido de formosura. E os homens claros o enchem de comida. Observa satisfeito como os cavalos do pelotão se vão lentamente. São levados por um índio. Os cinco soldados ficam a pé. Mas apreciam o detalhe: respirando, não como os florescidos que já estão se transformando em restos de cozido estirados no chão. Eles fazem a volta. Começam a marchar em direção ao quartel no silêncio mais enorme que já fizeram. É em vão. Não sabem de onde vêm os dardos. Floresce primeiro um, depois o outro, depois os outros três. Miram o céu dos urubus seus olhos abertos.

31.

Propõe, Antonio, novas canções. Canções de agradecer, diz. Mitãkuña e Michĩ querem ouvi-las.

Índios bons que nos dão de comer
mburucuyá com mandioca e mel
Índios lindos que nos cuidam do mal
vamos ao mar, vamos todos ao mar

As meninas não gostam da canção. Propõem conjuros contra o inimigo.
— E quem é o inimigo?
— Os que são como você, tchê, você.
— E eu?
— Você, tchê?
— Eu não.
— Mba'érepa?

— Porque não, Michī. Como são esses conjuros?

As meninas começam a desenhar figuras geométricas sobre a pele. Gregas de tinta rosa do yvyrá pytá. Antonio acrescenta a sua, uma cruz, também é geométrica, nota, e um peixe.

— Esses são os conjuros que aprendi em criança.

Parecem necessários os conjuros. Embora ele não se surpreenda mais com os pirilampos dourados que voejam em torno das meninas toda vez que abre os olhos depois de tê-los fechados por um tempo. Nem que Michī faça o que está fazendo. Levantar-se. Caminhar dois passos. E no momento do terceiro passo, de seguir o mesmo ritmo, aparecer na copa de uma palmeira. Ou sobre a pedra mais saliente da margem do arroio. Agora, por exemplo, acaba de gritar com ela. Está se esparramando sobre uma mata de samambaias luminosas. Isso tampouco o espanta. A luz verde que desprendem as samambaias desta selva.

Devem ter sido grandes golpes, tia. Mas tão escura a escura noite da minha alma que eu não os sentiria, nada sentiria, nem sequer o desejo de salvar a vida. Mas a salvaria toda vez. Até chegar aqui, a esta selva feita de luz verde, de ar de árvore, de água cintilante. Fugiria de Concepción oito meses depois escutando o "Ah, traidor" do meu irmão morto por mim e vendo apenas aquela noite em que não vi nem minhas mãos. Porém continuaria andando. Em direção a Valdivia e de lá de cima, à cordilheira, determinado a fazer qualquer coisa em vez de me deixar apanhar. Haveria de caminhar com outros dois que compartilhavam da minha resolução, não sei, tia, por quais crimes, mas, estarás de acordo, dificilmente poderiam ser piores do que o meu. Subiríamos e subiríamos e já não haveria animais nem pastos, apenas poucas raízes para nos sustentar. Mais me teria valido fugir por uma selva, porém se foge por onde se abre o caminho, e o único que se abria para mim eram essas montanhas enormes. Mataríamos um dos nossos cavalos, mas o pobre era só pele e ossos, pouco nos serviria de charque, porém era o único que tínhamos para comer. Fizemos o mesmo com os outros. A dolorosa surpresa dos seus olhos mansos e resignados, querida, diante da faca. Toparíamos no quinto dia com dois homens e nos alegraríamos. Até que chegamos a seu lado e os vimos mortos, congelados, com uma careta nos lábios como um sorriso. Nos espantamos. Porém não por isso morreria o primeiro de nós: foi pelo frio, foi pela fome. E no dia seguinte morreria o outro e eu continuaria caminhando. Com que forças, tia, com que determinação? Como resisti à morte gelada? Doce como voltar à cama da infância, como ser arroupada por tua tia, por tua mãe, por tua irmã, vi isso nos sorrisos dos meus companheiros.

— O que é confessado, tchê?
— Quando você comete um pecado, conta ao cura e ele te perdoa. E é isso.
— Mba'érepa?
— Porque o cura é o representante de Deus e pode perdoar os pecados. Você não estava nas samambaias?
— Ela voltou, tchê. Pescado o que é, você?
— Quando você mata, mente ou rouba.
— Mba'érepa?
— Porque sim.
— É ruim mentir, roubar e matar, Michī, tchê.
— Mba'érepa?
— Não sei.

Segui, carregado com o arcabuz, com o pedaço de charque que me restava, com oito pesos que encontrei nos bolsos do meu último companheiro morto e a certeza de que estava indo encontrar a mesma sorte. Eu me arrimaria em uma árvore, uma árvore, tia, sem notar que estava baixando, já quase no chão, e choraria. Chorei como não chorava desde que fui expulso da casa do meu pai: como um menino eu chorei, como uma menina. Como um homem. Como nunca depois. Rezei o rosário, invoquei a Santíssima Virgem e o glorioso são José, seu esposo. Descansaria entre pranto e reza e reza e pranto. Logo seguiria caminhando e está visto que deixei o reino de Chile e entrei em Tucumán. Veria dois homens vivos, eles me veriam, saberia que eram cristãos, e me deixaria cair. Sobre uns pastos. Pastos. Sobre a terra viva desmaiei, sobre a suave carícia das ervas, sobre seu aroma verde. Os homens me levariam até sua ama, mestiça de índio e espanhol, bem acomodada e de bom coração, de tal sorte que ela cuidaria de mim até que eu estivesse recuperado. Me quis para sua filha, havia poucos espanhóis por ali, e eu não queria: sempre preferi as mulheres formosas, e tardei muito para entender a beleza nova da América. Eu não conseguia ver, tia. E nunca foi meu desejo o matrimônio. Como haveria de andar se me casasse? E como evitaria a fogueira? Fugiria de Tucumán. Bem-vestido e com meus próprios cavalos, todos regalos da minha benfeitora. Corri. E é isso mesmo que faço agora, enquanto te escrevo: sigo, tia, galopo, galopo, não hei de parar até contar tudo a ti. Para Potosí agora, que fica muito longe de Tucumán: três meses de viagem e dois mortos me custaram para chegar. Ali trabalhei de maiordomo, mas meu amo se envolveu em contendas que acabaram em embargos e prisões. Já me bastavam as minhas, portanto saí do seu lado. Vi-me outra vez na milícia, nas batalhas com índios e cristãos. Conquistamos um vilarejo, tia querida, cheio do ouro que buscava Colombo, nosso almirante. O rio subia e depois descia e deixava três dedos dele. Enchemos os chapéus, os bolsos. Para quê, minha querida, se depois o joguei e perdi ali mesmo? Haviam fugido os índios, nós lhes tínhamos causado grandes estragos. Um demônio de menino, cerca de doze de idade, tinha ficado escondido na folhagem de uma árvore. Quando alçou a vista nosso capitão, atravessou-lhe o olho com uma flecha. Nós o fizemos em mil pedacinhos, tia, e era pouco mais que uma criança. Ninguém me culpou por isso. Mas depois voltei a uma aldeia cristã e fui acusado de um crime que não cometi: cortar o rosto de uma dama. Nunca cortei uma mulher, nunca a cortaria, creio. Suportei o potro — as perguntas, tia, e as voltas, as voltas —, fui condenado a dez anos, mas tudo acabou se esclarecendo e eu pude sair. É esgotante, minha querida, escrever tudo isso. Acho que consigo fazê-lo por essas meninas, por essa cachorrinha que se refugia em mim, pelos macaquinhos que me trazem fruta, pelas canções, tia. Porém, sabes, soam a guerra as canções dos índios. Vibra a selva inteira. Não sei o que está por vir. As meninas começaram a sussurrar conjuros.

32.

Ignacio já está bastante reposto. Sentiu-se forte no patíbulo e leve no rio. Comeu e bebeu. Esteve de troças com seus homens. Depois se cansou e voltou para os aposentos. Ordena que o Gato durma ao seu lado. No chão, por ora. Assim disse, o Gato repassa a conversa e não lhe restam dúvidas: por ora. Não tem certeza de querer a promoção que a frase do capitão supõe. E muito menos de esperá-lo dormindo no chão como um cachorro. Ele o quer perto, afirmou, ao seu lado, pelas tisanas e suas leituras. Puto do caralho, pensa o Gato, medo dos índios é o que ele tem: desde que quase o mataram e estão cantando cada vez mais perto e com vozes de guerra, ele treme. Vontade de ser penetrado tem, também, o capitão-general. Ou de penetrá-lo. Aceitará, claro, se for mister. Mas vai cobrar caro, já está cobrando. Ele é a voz, os olhos, as mãos do capitão. A única coisa que o mui maricas quer é voltar para o seu povoado. Já chegou sua ordem de transferência. Deu-lhe um novo ímpeto.

— Gato, Gatito, um pouco mais de ouro: mil baús cheios e depois, para casa.

As companhias que partiram em busca de ouro, com os dois índios quase esquartejados depois de suas confissões no potro, não conseguem avançar nem mesmo dispersas. Chovem dardos sobre eles como se, em vez de folhas, as árvores tivessem índios. Isso mesmo, atordoados. Estão disfarçados de folhas. Os soldados disparam para cima. Os índios começam a chover sobre eles, além de dardos. E flechas. E pedras. Os atiradores são esmagados e voltam a intensificar os projéteis. Os animais fugiram. Os pássaros grasnando como uma nuvem de tormenta. Os outros animais correm ou vão de galho em galho. Os roedores escavam. Os répteis rastejam ou nadam. Só restam as plantas e os homens. Uivos. Estalar de ossos. Jorros de sangue empapando frutos antes de empapar fungos. Já não há samambaias. Já não há terra vermelha na selva. Não há nada além de uma tapeçaria feita de corpos despedaçados que continuam a se despedaçar mesmo quando estão mortos porque não cessam de receber o impacto de novos caídos. Soam discretos. Como odres meio vazios caindo sobre odres meio vazios. Um plof ou plaf grave. De fundo. Como os estertores das cigarras que não, não se foram, mas são quase inaudíveis. Em vez disso, os rangidos e os gritos ensurdecem. Os membros soltos. Os corpos que ninguém jamais conseguiria juntar em um só pedaço. As almas indo embora. Os vermes azulados mastigando. Os urubus escurecendo o céu em um remoinho de tragédia. Os fungos fabricando dentes para trabalhar mais rápido. Os animais farejando o perigo e a comida de longe. Pouco a pouco, a batalha vai se acalmando. Restam três espanhóis vivos. Os olhos abertos. A boca cerrada. Os índios se retiram. Deixam o trabalho da selva para a selva. Comer tudo e fazê-lo ela mesma.

33.

Talvez não sejam cantos de guerra. Embora pareçam. Talvez apenas se revezem. Talvez eles cantem para o deus sol. E elas e as crianças, para a deusa lua. Mas o que Mitãkuña lhe contou não tem deuses astros. Talvez cantem tudo o que sabem cantar. Talvez seja uma festa índia como a Páscoa ou o Nascimento. Seja como for, a casa na árvore está pronta e ele passa metade do dia desanimando as meninas:

— Não, não é uma boa ideia decorá-la com flores e plumas do lado de fora, sim do de dentro, dentro vocês podem decorá-la como quiserem.

Sobe e encontra o resultado. A casa é o palácio da rainha das borboletas ou dos colibris. Ou de ambos. Tudo é colorido. Nada está parado. A brisa agita as plumas e pétalas que cintilam e se apagam e voltam a cintilar. É bom lugar para esperar por ajuda, decide Antonio, se os seus chegarem. Bem, os que eram seus. Mesmo que nunca tenham sido. Sempre foi estrangeiro entre os seus. Uma vida inteira se escondendo atrás de uns trajes ou um nome ou uma história novos. Fugindo do fogo. Quase sempre. Quando voltou ao velho mundo, já não escondeu seu verdadeiro nome nem sua verdadeira história. Tampouco sabia qual era sua verdadeira história. Relatar uma e outra vez a que escrevera para que o rei reconhecesse seu direito a uma pensão e parecer alguém digno de pensão o desorientou. Voltou-se para a América. Para ser qualquer um outra vez. Para continuar fugindo sem necessidade. Agora, nesse permanecer, nessa selva, nessas meninas, nesses animais, nesse estar sem nome nem história, ele se sente confortável. Poderia ficar aqui.

Partiria outra vez, tia. Rumo às Charcas, aos tombos, sempre caindo, feito uma pedra: já nem sequer escutava o "Ah, traidor" do meu irmão, nem sequer via a noite escura no lugar em que deveria ter as mãos. O jogo e os tragos seguiriam correndo, uma aposta, o que aposta, aposto, o que aposta: as adagas, os amigos separando, o homem que me espera com sua espada desembainhada em um canto sombrio, desembainhar a minha, nos ferirmos, matá-lo, fugir de novo. Para Piscobamba. Me acolheria um amigo, haveria mais jogo, mais tragos e mais insultos, intercederiam os presentes, o insultado se retiraria aparentemente calmo. Porém três noites depois, perto das onze, voltando eu para minha casa, divisaria na esquina um homem parado; tercei a capa, saquei a espada e prossegui meu caminho. Ele se jogaria em cima de mim, chamando-me de pícaro cornudo, me atacaria, eu o atacaria e o atravessaria com minha espada. Caiu morto. Fiquei ali ao seu lado no charco de sangue que crescia como uma maré, pensando no que fazer, já era um penhasco alçando-se em um mar vermelho quando soube: não havia ninguém. Voltei para minha casa, lancei ao fogo os sapatos e as calças e, vendo-os cinza, fui dormir. Na manhã seguinte, bem cedo, o corregedor chegaria, me prenderia e me levaria para o cárcere. Em coisa de uma hora voltaria com um escrivão e tomaria meu depoimento. Eu neguei tudo. Chegariam testemunhas que eu nunca tinha visto. Enviariam um confessor, depois outro e depois mais outro. Frades e frades como se chovessem frades só para me afundar, mas eu não confessaria. O que mais além do silêncio eu poderia oferecer, o que mais além da mudez como resposta, o que mais, minha querida? Já nem orar eu podia, nem me confessar, nem me encomendar a Deus e à Virgem. Demasiados favores haviam feito para mim. Sairia uma sentença de morte, seria mandada executar. Me vestiriam com um hábito de tafetá, diziam os frades se eu queria ir para o inferno, se eu não queria me confessar, dependia de mim, e me subiriam a um cavalo. Iam me tirar do cárcere, me levar por ruas pouco habituais por receio dos curas. Cheguei ao patíbulo, os frades tiraram meu juízo aos gritos, empurrando-me os quatro degraus, tive que subir mais alto, me jogaram a corda, que é o cordão fino com o qual se enforca, que o carrasco não colocou bem em mim. Pude, por fim, falar. Eu disse: "Bêbado, ou pões isso direito em mim ou tiras". Estando nisso, no fim o bêbado estava ajustando bem a corda, entrou a galope um enviado da audiência da cidade do Plata como se o arcanjo Gabriel tivesse descido do céu. Acho que ouvi trombetas, tia. A milagrosa misericórdia de Deus me assistiu. Resultou que eles haviam prendido as testemunhas que me haviam perdido, e as condenaram também a serem enforcadas por não sei que crimes, e, ao confessarem, declararam que haviam sido pagas para me acusar. Prometi emendar-me, tornar-me merecedor do favor divino. Tirariam a corda do meu pescoço, tia.

— Se eu faço pescado, o cura vai me perdoar, hein, você?
— Mba'érepa?
— Porque Deus é bom.
— E se o cura não está?

— Mba'érepa?
— Porque se foi, Michī, tchê.
— Mba'érepa?
— Ele foi para a selva?
— Para o inferno.

    E não seria a última vez que vestiria tão tenebroso traje.
    Hei de acabar agora. Tudo, necessito terminar: fui embora, claro, dali. Entraria em Cochabamba quando me encontraria com uma mulher pedindo ajuda. O escravo dela me explicaria que o marido a encontrara com outro homem, que o matara e que a deixara encerrada para matá-la depois, que antes passara para tomar uns tragos com os amigos, era homem que gostava de comentar com eles seus assuntos. Dois frades que passavam por ali me pediriam para ajudá-la, eu lhes diria que sim, eles a subiriam nas ancas da minha mula e partiríamos. Cruzaríamos milagrosamente um rio portentoso e, não sei como, havíamos saído muito tempo antes, ali estaria o marido nos esperando com sua escopeta. Os tiros passariam tão perto de nós que cortariam nosso cabelo, tia querida. Conseguiríamos chegar à igreja e o marido também. Ali enfiaria a ponta da sua espada entre meus dois peitos. E eu, o punhal no seu costado. Entraria tanta gente que nos separariam. Cinco meses os frades tiveram de ficar me curando. Deves estar te perguntando como é que nenhuma das boas gentes que me socorreram a vida inteira percebeu que meu corpo é um corpo de mulher. Não sei, querida. Será outro favor de Deus e da Virgem? Ou talvez ninguém veja o que não é embora de algum modo seja. Acabariam arranjando o pleito: ela, para o convento, e ele, para o mosteiro.
    A senhora obteria para mim, em virtude dos serviços prestados, o lavor de aguazil em Piscobamba. Lá prenderia um alferes, que aleivosamente matara e enterrara no seu jardim dois índios

para roubá-los. Iria sentenciando a causa em todos os seus termos e o condenaria à morte. Apelaria, seria concedida a apelação, e lhe reservariam a forca. Executou-se a sentença. Terminado o assunto, iria parar na cidade de La Paz. Ali me poria a conversar com o criado de um amigo, que me desmentiria e me bateria com o chapéu na cara. Imediatamente o deixaria morto. Outra vez. Não sei quantos mortos eu tenho.

— Ao fogo, tchê?
— Sim, para sempre.
— Os pescados, você?
— Mba'érepa?
— Não sei, Michī.

Eles me capturariam, me condenariam à morte, me confessaria, me outorgariam perdão e, com ele, a comunhão. Eu tomaria a hóstia e pediria asilo à igreja, que me daria. O governador teria a igreja cercada por um mês. Por fim, baixaria a guarda. E conheceria Cuzco, me culpariam por uma morte que não era minha, mostraria minha inocência e voltaria para Lima, aquela com tanto ouro e estranheza. Lá eu me juntaria à batalha contra o holandês, que tinha enviado sua armada para roubar o ouro da cidade. Sobreviveria a um naufrágio, tia, celebraria o triunfo dos nossos. E voltaria para Cuzco. Iria me hospedar na casa de um amigo, o jogo e as bebidas correriam, e poria as mãos no meu dinheiro o novo Cid, um homem moreno e peludo que espantava com sua presença. Tiraria oito moedas de mim e iria embora, e eu o deixaria ir. Mas voltaria e voltaria a pôr as mãos no meu dinheiro. Eu apontaria meu punhal e cravaria sua mão na mesa. Seus amigos se lançariam sobre mim e iriam me apertando. Calharia *de estarem passando dois biscainhos que, vendo-me em tal apuro, começariam a lutar comigo, éramos três contra cinco, levávamos a pior parte quando o Cid atravessou-me as costas até o peito com seu punhal. Caí fazendo um mar de sangue e todos foram embora. Porém, conseguiria me levantar cheio de desejo de morte e veria o Cid na porta da igreja. Nós nos jogaríamos um sobre o outro, e eu cravaria meu punhal nele de tal forma que atravessaria a boca do seu estômago e ele cairia pedindo confissão. Eu cairia também. Temendo a morte, confessei toda a minha vida a um frade que cuidaria de mim até me ver a salvo. À noite, tia, eu sonho, aqui, agora. Uma tigresa abraça as meninas, banha-as na sua aura dourada, uma tigresa santa há de ser. Quando acordo, não há tigresa. Pirilampos, no entanto, voejam ao redor das crianças.*

34.

Saíram duzentos homens e voltaram três. Sem ouro nem índios. Nem sequer um membro dos dois quase esquartejados no potro. Ignacio e o Gato deliberam. Se os índios apresentam tanta batalha, é que há algo para defender. Algo que eles não querem que lhes seja tirado. Não lhes ocorre pensar em nada além de ouro. São militares. Nem sequer pensam em honra. Sabem que é fraca. Que claudica quando o que está em jogo é tanto sangue. Ouro, então. Engenham um novo plano. Se o ouro estiver sob as raízes, é preciso tirar as árvores. E os índios. Sem conversa. Vão queimar tudo. Vão usar cordas longas untadas em alcatrão. Vão polvilhar a selva com chicha. Vão pintá-la com breu. Vão perfurar as árvores. Vão começar pela fumaça. Vão disparar tiros de canhão ardentes. Vão incendiar até as raízes. Especialmente as raízes. Ah, o fogo, o fogo. Capitão e alferes falam olhando-se nos olhos. Brindam felizes. Tim para o retorno à aldeia. Tim para a hispanidade. Tim-tim pela amizade. O capitão sentado em sua cama. O Gato em um banquinho ao lado dele. Ambos no triângulo de luz que se origina em um ponto que eles não veem bem porque estão olhando um para o outro. Olhos de gato, Ignacio diz-lhe. Olhos de general, responde o Gato. Vem, amigo, aqui do meu lado, o convida o capitão. Ajuda-o a se levantar. As mãos nas mãos. Ficam ambos um ao lado do outro, o traseiro no colchão, os pés no piso. Os valentes militares não sabem por onde começar. Deveria iniciar o movimento o capitão, que é quem está naturalmente no comando? O Gato hesita, não gostaria de enfrentar uma corte marcial. E menos ainda a fogueira que se seguiria. Ignacio pousa a mão em sua coxa, meu bom amigo, lhe diz. Gato se lança como uma jaguaretê: deixa-o de costas, morde sua nuca, baixa suas calças, os calções.

— Devagar, Gato, devagar, primeiro te ajoelhas.

E o militar se ergue e olha-o de cima, a ponta do seu membro pendendo sobre a cabeça do outro.

— Lambe-o.

O Gato tira a língua, suave, o Gato abre a boca, envolve a glande, aperta levemente suas bolas. Sente como se endurece Ignacio, como se afasta da boca, como o empurra ao chão, como pega sua pica e a mete na boca com deleite, como lhe indica que se levante, como se ajoelha ele mesmo, como seu traseiro sobressai glutão, como o agarra por aquele cabelinho ridículo que ele tem, como o afasta de sua pica, comprime sua cabeça contra o chão e agora sim o penetra. Sobe e desce e sobe e desce dentro do doce capitão até que se perde e deixa o outro também perdido.

— Fogo, Gato, fogo.

— Fogo, capitão, tanto fogo.

— Vamos incendiar tudo.

35.

Nada disso sabe Antonio, que neste momento está escrevendo para a tia. Neste outro momento para. Chamam-no as meninas. A Vermelha lhe solicita atenção com a pata. Kuaru e Tekaka sobem em seu corpo e pulam e trepam nas lianas e as jogam em sua cabeça. Querem brincar. As meninas pintam, ainda mais, o rosto dele. De mãos dadas, caminham até as palmeiras e o chamam. Bailam. A ele cabe o centro, entende, dançar ele mesmo. Faz isso. Entende também que tem que luzir suas pinturas. Fica de calção. As meninas saltam à sua volta e fazem vozes graves. Bem, elas tentam. Estão pintadas de vermelho e preto. Listras vermelhas nas bochechas. Entre os dois olhos. Nos antebraços. Nas pernas. Gregas pretas e geométricas na testa. Nos ombros. Parecem muito coloridos entre os galhos verdes, os troncos e as lianas e as raízes com diversos tons de marrom, as flores exultantes, os olhos dos animais que centelham fugazmente aqui e ali.

— Yvy marãe'ỹ, tchê, você.
— O que é isso?
— A Terra sem Mal, tchê, você.

— Me conte.

— Dança, agora, tchê.

Antonio é o ponto radial da dança, como se fosse o sol, mas não um sol que emitisse raios como esse tremendo sol das partes da selva que limparam de árvores. Um sol que recebesse raios, que recebe cantos. Cantam para ele, acredita, o que estarão cantando? Algo amoroso, pensa, porque assim o miram e porque as vozes tão doces. Cantam-lhe um amor de agradecimento. Hão de ir embora logo. Mas Antonio tampouco sabe disso. Bailam e cantam e dançam até que Antonio não aguenta mais e senta no centro da roda. A Vermelhinha senta-se em cima dele. Lambe o rosto dele. As meninas o abraçam. Os macaquinhos abraçam as meninas. Sempre fazem uma flor. Uma flor que canta. Até que sentem o aroma da comida. Cada menina corre para sua cumbuca. Mitãkuña traz para Antonio a sua. Finalmente se cansam, estendem-se na capa. Antonio volta à sua tarefa.

A morte, tia, me espreitava: estava eu preso em um labirinto que parecia não ter saída. Em cada porta o jogo e as copas correndo, o grito, o punhal, a espada, a corda no pescoço. Galopava léguas e léguas, e em todas as direções eu encontrava a mesma coisa, todo o imenso Novo Mundo um jogo de espelhos onde eu não achava nada além de mim e da Parca me procurando, e a Parca sempre armava a mesma armadilha para mim. Como em uma comédia. Não via montanhas nem selvas nem índios nem tigres nem estepes nem estrelas: apenas as cartas e os tragos, o insulto e o duelo, o sangue e a fuga. Morto sem morrer eu vivia, tia querida, perdido em um inferno de espelhos, como se já tivesse passado para a outra vida e fosse o mundo inteiro minha condenação, meu círculo. Até que cheguei a Guamanga. Ali fui para uma pousada e permaneci nela por alguns dias. Queria a desgraça, tia, ou a graça, que eu empurrasse a porta de uma casa de jogo, a sorte ou a Parca punham-me essas portas a cada passo, estando um dia o corregedor que, mirando-me e me desconhecendo, me perguntou de onde eu era. Biscainho, lhe disse. De onde vem agora? De Cuzco. Suspendeu-se um pouco mirando-me e disse: Esteja preso.

— Para a Terra sem Mal se vão, tchê, os bons.
— Mba'érepa?
— E o que eles fazem lá?
— Comem laranjas, tchê, dançam. E não morrem, você.
— Pois me alegro muito.

Saquei a espada, recuando para a porta, onde encontrei tanta resistência que não consegui sair. Saquei uma pistola de três focinheiras e saí e desapareci, entrando na casa de um amigo. Estive ali por alguns dias até que já não houvesse ruído do caso, e me pareceu, mais uma vez, que era forçoso mudar de terra. Eu tinha naquela a mesma coisa que em qualquer outra: nada, tia querida. Saí uma noite e logo em seguida me deparei com dois aguazis que perguntaram quem vai lá e lhes respondi o diabo. Eu não deveria ter dito isso. Deram altas vozes, gritando: "Em nome da justiça!". Apareceu o corregedor, que estava na casa do bispo, e outros ministros e muitos frades. Fiquei aflito, disparei minha pistola e derrubei um deles. Cresceu mais o barulho e me encontrei pelejando ao lado de vários amigos biscainhos. Gritava o corregedor que me matassem. Até que saiu o bispo com quatro machados e seu secretário, que me disse: Senhor alferes, dê-me as armas. Eu disse: Senhor, aqui há muitos contrários. Ele disse: Dê-me as armas, pois seguro estará comigo, e eu lhe dou minha palavra de tirá-lo daqui, mesmo que me custe tudo que sou. Eu disse: Senhor ilustríssimo, quando eu estiver na igreja beijarei os pés de Vossa Senhora Ilustríssima. Pegou-me sua ilustríssima pelo braço, entreguei as armas e, pondo-me ao seu lado, me fez entrar em sua casa. Fez-me curar uma pequena ferida que eu tinha, ordenou que eu ceasse e me recolhesse, me trancando com chave que levou consigo. Dormi tranquilo. Na manhã seguinte, lá pelas dez, sua ilustríssima me trouxe à sua presença, e me perguntou quem eu era e de onde, filho de quem e todo o curso da minha vida, e as causas e caminhos pelos quais fui parar ali. Comecei a contar-lhe, tia, mesclando verdade com mentira, porém mais verdade, com algumas omissões. Contei-lhe das cartas, dos insultos, dos duelos, das prisões, das fugas, das cidades novas e outra vez das cartas. A América inteira um pequeno círculo para mim. Ele me dava conselhos bons, amorosos. E vendo-o tão santo varão, me parecendo já estar na presença do Senhor, descobri-me e disse-lhe: Senhor, tudo isso que referi a vossa senhoria ilustríssima não é assim. A verdade é esta: que sou mulher, filha de fulano e sicrana; que me levaram com tal idade a tal convento, com fulana minha tia; que ali me criei; que tomei o hábito e o noviciado; que estando prestes a professar, naquela ocasião fugi; que fui a tal parte, me desnudei, me vesti, cortei o cabelo, parti para lá e acolá; embarquei, aportei, me esfalfei, matei, feri, me corrompi, difamei, perambulei, até chegar ao presente e aos pés de sua senhoria ilustríssima.

O santo senhor, enquanto eu lhe relatava toda a minha vida ou o que eu pude recordar dela, ficou em silêncio, sem dizer uma palavra, sem sequer pestanejar. Quando terminei, continuou em silêncio, chorando aos jorros, desconsolado. Depois me mandou descansar e comer, coisa que fiz de bom grado. À tarde, mandou-me chamar e falou-me com grande bondade de espírito, exortando-me a fazer uma boa confissão, pois em sua maior parte eu já a tinha feito e seria fácil para mim, e que depois Deus nos ajudaria a saber o que tínhamos de fazer. E assim fiz. O santo varão me disse:

Não se espante de que sua rareza perturbe a credulidade. Senhor, eu disse, é assim, e se quiser esclarecer quaisquer dúvidas vossa senhoria ilustríssima, por experiência de parteiras, eu consinto. Ele disse: Contenta-me ouvi-lo, me fio nisso. Duas parteiras me conferiram e ficaram satisfeitas, e declararam sob juramento diante do bispo que haviam me encontrado não apenas mulher, mas virgem intacta como no dia em que nasci. Não sei como isso pôde ter sido possível, mas foi assim, quis Deus ou a Virgem. Ou ambos, pois assim foi. O bispo levantou-se e me abraçou enternecido, dizendo: Filha minha, agora creio sem dúvida no que me disseste; eu vos venero como uma das pessoas mais notáveis deste mundo, e prometo vos ajudar em tudo que puder e cuidar da vossa conveniência e do serviço de Deus.

Na semana, sua ilustríssima entrou-me no convento de freiras de Santa Clara de Guamanga, que outro não havia na cidade. Vesti o hábito, tia, trinta anos depois. Tive de caminhar ao lado do bispo, pois se havia reunido tanta gente, não houve de restar pessoa alguma sem vir me ver, de modo que demoramos muito para chegar ao convento. A vida havia me tirado do labirinto do jogo, das bebidas e dos punhais, e da Parca fechando atrás de mim a porta que eu mais gostaria de não atravessar nunca mais. Porém eu estava tão cansado, tia, tão destituído de forças, que nem em escapar pensei, tinha tanto medo que a mesma armadilha dos últimos dez anos se abrisse para mim novamente, que preferi me trancar na primeira, o convento, que lá nunca havia me perseguido a Parca. Como me acharam donzela, tia querida? Que mistério! Há de ter sido outro milagre da Virgem do Laranjal. Não vou mentir para ti, de donzela eu não tinha nada, como souberam depois várias das irmãs que me receberam naquele primeiro dia alvoroçadas, e nos dias seguintes com ainda mais alvoroço. Abraçou-me sua senhoria, me deu sua bênção e eu entrei. Levaram-me ao coro em procissão e eu rezei lá. Beijei a mão da senhora abadessa, fui abraçando e foram me abraçando as freiras e intercambiei pequenos sussurros no ouvido com algumas delas. Correu a notícia desse sucesso por toda parte, e os que antes me viram, e os que antes e depois souberam das minhas coisas em todas as Índias, se maravilharam. Durante os meses em que estive lá, minha querida, orei e amei. Nada tive mais a lamentar do que a morte do meu bispo, que muita falta me fez. O que se seguiu, minha querida: outro convento, desta vez em Lima sob a proteção do arcebispo, refeições com o vice-rei, muita gente a cada passo que dava, minha libertação quando chegou razão suficiente da Espanha para provar que eu não tinha sido professada, a volta à Espanha, o rei, os condes, os marqueses que me outorgaram seu favor e acharam minha conversa interessante, a renda do alferes, o direito de usar meu uniforme, uma peleja na Itália por uma questão de honra à qual se somaram tantas que tive a oportunidade de fugir, a bênção do papa, a volta à América. E era nisso que eu estava, trilhando caminhos como sempre foi minha inclinação, quando me prenderam no meio da selva por não sei que crime que não cometi — um aguazil que lhes faltava e que eu não conhecia nem de nome — e me sentenciaram à morte e foi assim que começou essa história que estou te contando, a de estar aqui dentro de uma árvore, deverias ver, tia, é oca sob seu enorme tronco e um ar fresco sopra mesmo nos mais tórridos dias, yvyrá pytá, a menina me ensinou o nome dessa árvore, como de quase tudo aqui. A menina sabe, tia, é uma menina sábia. Acreditas tu também que eu vivi tudo o que te contei para chegar até aqui? A esta selva, a estas meninas, a esta carta.

— Tem sono você, tchê. Dorme.
Ela o cobre com o escudo. Antonio fecha os olhos. Mitãkuña e Michī o abraçam e cantam o canto mais doce que alguém já ouviu.

36.

A luz. Preenche tudo e transborda. Vê folhas, caules, sarmentos se enroscando, flores, frutos, pássaros, macacos, doninhas, cervos baixinhos. Tudo tremendo ao sol. Com veios de sol. Pontos. Auras. Inclusive as sombras. Especialmente as sombras. Tudo flutua em sol, atravessado de sol. Não há nada no mundo que não seja no sol: o que existe é um tecido de carne ou madeira ou de carne de inseto ou de água ou de uma mescla na luz. Como as duas filhotas de jaguaretê que se aproximam dele até não deixá--lo ver nada além de suas próprias caras. Douradas são. De fauces ferozes. Mas seus bigodinhos, seu nariz rosa. São ternas. E suas auréolas cintilantes. Que filhotas lindas. Ele estende a mão, sua mão é sol, para acariciá-las.

— Tchau, Antonio, tchê.
— Jajohecha peve, você.

Que curioso. São as meninas. Já tinha ouvido falar que os índios dessa selva sabiam fazer essas coisas. Transformar-se em animais, em árvores, em montanhas ou em rios. Os olhinhos não. Eles não mudam. Continuam doces, pretos, brilhantes e puxados.

As vozinhas. A garra gordinha de Michĩ agarra um dedo seu. Uma lágrima cai dos olhos de Antonio. E suas cintilações o cegam.

— Esperem por mim, vou com vocês.

— Nahániri, tchê.

— Mba'érepa?

— Estamos indo embora, Michĩ. Com mamãe, sy.

— Sy?

— Sim, você.

— Jajohecha peve, Antonio.

— Jajohecha peve, Antonio, tchê.

— Ore rohayhu, você.

— Sim, tchê, nós te amamos muito.

— Me esperem, eu vou.

Beijam-lhe a testa. E lhe dão as costas. Se estiraram. Que pelagem esplêndida elas mostram. E andam de quatro. Com o andar majestoso das jaguaretês. O peso e a graça da força, da velocidade. Elas se voltam para olhá-lo uma vez mais. Sim, são as meninas. Ele quer se levantar, ir com elas. Não pode. Está ligado à terra. Como uma planta, só pode ir em direção ao sol. Tenta resistir. Até que compreende. E cresce para cima. Não há outra direção. Ele chora e suas lágrimas refulgem ao sol. Elas o regam. Elas o queimam. O que será dele sem as meninas? Quem vai ser ele? Uma árvore? Poderia segui-las lá do alto. Estender um galho para protegê-las. Lançar lianas atrás dos passos delas para que ninguém possa alcançá-las. Seu peito está se aquecendo. Que lindo! São Tekaka e Kuaru. No sol, também eles. Talvez já seja uma árvore. Será que as árvores têm peito? Sentirão o calor dos animais que as abraçam? Ele os sente. Como a Vermelha, que se enrodilha no espaço entre seu braço direito e seu tronco. As meninas tigresas não dão nem dez passos até que desapareçam. Transformam-se em folhagens. Devem ter se transformado em samambaias. Ou foram tragadas pela selva. A selva não tem boca. Ou sim. Antonio não sabe. Nem sabe o que está sendo ele mesmo. Sente como a terra o atrai. Como se estivesse caindo. Pesado. Mas não cai. Fala, a terra. Ele não entende o que está dizendo. Mas fala: está toda ela falando alguma coisa. Vibra. Antonio sente a tensão. Há de ter veias a terra, e por elas navega algo que fala. Tem veias. Como ele mesmo. As dele estão se enchendo de sol. Como folhas. Juraria que está ficando tão translúcido quanto as folhas. Tão tecido no sol como todo o resto. E de que outra forma poderia ser? O que será Antonio senão carne da carne da selva? Ou da terra. Ali, frágil, como tudo que vive entre a terra e o sol, tão minerais eles e tão vivos também. Mas de uma vida distinta, pensa. De uma vida que se mede em milênios. Em tempos de deuses. O dele é o tempo das mariposas, dos yvyrás pytás, dos surubins, das abelhas, das jaguaretês, dos carrapatos, dos tamanduás, das palmeiras, das moscas. O tempo do que pode morrer tão facilmente. O sol é do tempo do que não morre fácil. O sol só é morto pelo sol. Duvida e esquece, Antonio. Algo vibra dolorosamente. Algo dói. O ar se aquece. A luz se vai: são os pássaros que encobrem o céu. Estão fugindo. Grasnam, estrilam, gritam. Nas árvores, os macacos uivam. Na terra, todos os que podem fugir correm, rastejam, pulam. É uma debandada.

— Fogo, Gato, fogo.

— Marchem, seus putos! Ponham alcatrão e façam gravetos, negros de merda.

— Fogo, Gato, fogo.

— Incendeiem tudo, seus filhos da puta!

O capitão conseguiu reunir dez mil homens. Mais ou menos. Não sabe quantos. Correu-se a voz de que há ouro sob as árvores. Os espanhóis e os criollos chegam como uma maré incessante que sobe e sobe. Mas o que chove são dardos. O que se abre é a terra, tragando-os. Com fauces de feras, de cobras, de pedras filosas. As árvores se eriçam de novos espinhos. Envenenadas. Roçam apenas os buscadores de ouro. É homem em cima de homem em cima de homem em cima de homem. O chão da selva está sendo feito só de homens. Gente branca e marrom e chimarrona também. As árvores mais velhas e enormes saem de suas raízes e se lançam sobre os pelotões. Estrondosamente. A terra treme. Está tecida de raízes. Se alça. Se quebra. Tudo grita e geme. Sofre. Sangra. Morre. Tudo, às margens do rio. Os brancos, e todos os outros que estão com eles, tentam se isolar na margem do rio: ali crescem as árvores de flores amarelas. Nesse perfume eles se metem a matar. Alguns, poucos, entendem. E dão a volta. Não querem. A selva os abraça. A selva os encouraça de folhas molhadas. Os outros, os que seguem adiante, não. Avançam. Caindo. Matando. Morrendo. É o ouro, se dizem. E não se importam nem com sua própria vida. Tudo sofre. Menos Antonio, que dorme. E no sonho segue escrevendo para a tia.

Hás de saber, será que sabes, querida?, que debaixo da terra as árvores têm outra vida, uma que não vemos, a das suas raízes entrelaçadas, uma rede delas que acima estão separadas, mas juntas abaixo. Levantam-se uma por uma, mas se sustentam todas juntas. Eu as vejo porque eu mesmo estou criando raízes, teço-me a elas que me tecem com elas. Falam a mim com uma língua sem palavras e entendo-as, me dizem que estamos aqui, que somos no sol e na água, um elo entre o céu e a terra, o sopro de Deus criando a Si mesmo e a nós o tempo todo. Somos isso que faz a vida entre as estrelas e as rochas. Estrela e rocha encarnadas, verdes e trêmulas somos. O mundo não se fez em uma semana, ele se faz e se desfaz a cada instante, tia.

* * *

— Michī, não chora, tchê.
— Tekaka, Kuaru, Vermelha, Orquídea, Leite, Antonio?
— Vai com a mamãe, você, tchê.

As meninas correm em direção a uma mulher jovem e formosa. Pintada de guerra. De vermelho. De preto. De dentes e garras. Armada. Ela abraça as filhas. Se fundem. Fazem uma montanha que se torna um manancial que banha um monte de samambaias e colibris e jacarés e rãzinhas azuis e voltam a ser uma mãe com suas duas filhas e rugem tigresas. Antonio as vê. Ele as escuta. Como escuta as árvores. Trabalham sob a terra. Tiram água do rio para se cobrir. Também murcham. O fogo é. É o fogo que Antonio sempre temeu. Chegou, está chegando. Os macaquinhos gritam com ele. A Vermelha ladra para ele.

Queima-se, agora, o mundo, tia: entra o fogo na terra, alargamos nossas raízes até o rio para nos inundar, para apagá-lo, para respirar. É vermelho sobre preto e preto sobre vermelho e uivamos, nos lançamos sobre os homens, destilamos os venenos mais requintados. As serpentes afundam-se nas nossas entranhas, mordem--nos, dão-nos o que é seu. Nossas raízes se eriçam com suas cores e rastejam, estremecem. Porém sou um homem, querida, quero minha espada, meu arcabuz, minha pontaria implacável. Hei de matar como homem. Peço à selva que me liberte. Peço à floresta, ao espírito mais velho das árvores, que, você tinha de vê-la, tia, é uma mulher cintilante com cabelos de folhas e um corpo marrom como madeira, mas de carne e olhos de árvores, mais verdes do que os picos da Europa. Ela me acaricia, tia, não me responde, abraça todos nós, esta manjedoura que são meus animais e eu. O fogo entra na terra pelas raízes, queima suas entranhas. Me queimo, tia, pede a Deus que perdoe meus pecados. Pai nosso, reza comigo, que estais no céu, santificado...

— Antonio, tchê!
A jaguaretê que o interrompeu salta sobre um homem armado. Antonio não o tinha visto. Ela o mata, a tigresa, como fazem as tigresas: morde-lhe o pescoço, sacode-o, quebra-o. E pronto. O homem se acabou. Matam piedosamente as jaguaretês, em um instante. Outro salto e tem suas fauces ensanguentadas sobre sua cara. Tremula inteiro, Antonio, de pânico.
— Desperta, você, tchê.
— Mitãkuña?
— Não, tchê, sou o rei da Espanha, você. Acorda.
— Mitãkuña, você voltou, querida menina.
Antonio abraça-a. A menina está enorme. Seu pescoço forte como uma montanha. Ela lambe o rosto dele.
— Vamos, tchê.
Volta a lamber seu rosto, as mãos. Desperta-o.
— O que está acontecendo, menina?
— A guerra, tchê. Vem comigo. Vamos todos.
Antonio levanta-se, arcabuz na mão. Vermelha, Tekaka e Kuaru mostram os dentes. Mitãkuña avança em direção à parte mais frondosa da floresta, que se abre à sua passagem e se fecha atrás dela. Escutam os gemidos, o crepitar. Respiram a fumaça. Eles se internam mais. Chegam a uma lagoa azul-turquesa de leito de pedra escura. É sulcada por metal dourado, pode-se dizer. No lugar das aletas há fios de bronze. Na margem, uma legião de homens-árvore. Uns mil, acredita Antonio. Ele mesmo está sendo coberto por folhas. Brotando em flores. Molhado, todo molhado. Coberto por um ar de árvore.
— Vai pelejar, tchê, você. Acaba com eles.

— Sim, minha menina, vou.
— Rohayhu, tchê.
— Rohayhu, Mitãkuña, menininha.

Antonio grita e lhe sai uma língua de árvore, um vento. Todos os seus homens e ele mesmo na direção dos ramos. O fogo. Os animais com a boca calcinada em um uivo desesperado, eterno. Os homens de tapete. As cinzas. Mataram um pedaço de selva. E continuam chegando. O rio está se levantando. Ruge como uma tormenta que fosse engolir toda a terra. Se dobra. Eles veem suas entranhas de rocha negra. Os peixes se alçam em ondas. As jaguaretês na ponta mais alta da onda gigantesca. Os índios por toda parte. Leite e Orquídea voltaram, e voltaram gigantes, estão à frente de uma manada de cavalos selvagens. Os homens-árvore atrás deles. Sobem alto, alto. E despencam. E a água volta para a água. Com pedaços de homens brancos: os que não se afogam, os índios matam. Os dourados os cortam. Os homens-árvore os estrangulam com suas lianas. Correm, os que restam. Não são mais do que cem. As índias os encurralam. Com a ajuda de duas jaguaretês grandes como barcos, elas os lançam a uma cova. A serra atira uma pedra e fecha-a. Eles ficam lá dentro. Os pássaros voltam. As cobras saem das entranhas da terra.

O urubu vê um buraco estéril. E um monte de comida carbonizada.

— Desperta, tchê, você.

Antonio está perplexo: é Mitãkuña. Em dois pés, sem pelagem. Tão pequena como sempre. Cheira a queimado. Mas ele está preso ao chão.

— Antonio, tchê.
— Mitãkuña, a batalha.
— Nós vencemos, você.
— Matamos todos eles?
— Quase todos, mas você não, tchê. Você ficou aqui.

— Não. Eu lutei com os homens-árvore, menina.
— Nahániri, tchê. Nós cuidamos de você.
— Sim.
— Tenho que ir, você.
— O que vão fazer com os que ficaram vivos?
— Nós deixamos eles na selva que queimaram, você. Deixaram ela sem água, sem sombra, sem animais. Tudo em cinzas, tchê.
— Será que vão morrer?
— Não sei, você. Talvez comam cinzas.
— Você me leva junto?
— Nahániri, tchê. Mas vou estar perto. Sempre, você.

Um rugido agita as folhas. Os pássaros fogem grasnando. As cobras trepam nas árvores. Antonio não a vê, mas é Michĩ, tão pequena como sempre, abrindo sua boquinha. Chamando sua irmã.

— Quer que eu te fale rohayhu, a Michĩ. E que eu me apresse. Tenho que ir.

Mitãkuña se lança sobre ele. Abraça-o com força. Antonio também abraça o corpinho frágil de sua menina. Deixa cair algumas lágrimas. Ela as limpa com uma lambida. No momento em que Antonio consegue abrir os olhos, a criatura está se levantando. Ergue-se imensa. Solar. Uma jaguaretê. Volta a lambê-lo e se vai. Quando quase é devorada pela folhagem, ela se vira para olhar Antonio: ele floresceu e está sendo libado por um colibri. O calor alaranjado de Kuaru e Tekaka em sua copa e o da Vermelhinha enrodilhada em um oco de suas raízes. O urubu que se empoleirava nos seus galhos desaparece à luz de uma estrela que sulca veloz o céu do meio-dia. As presas de Mitãkuña aparecem. Ela sorri.

Agradecimentos

Ao *Ayvu Rapyta* dos mbiás-guaranis, a mais bela história de origem que já li. Eu a reescrevi com respeito, amor, admiração e o desejo de que sua cosmovisão vitalista nos contagie.

À autobiografia de Catalina de Erauso, uma das origens deste romance. E de alguns de seus parágrafos.

À crônica de Antonio Pigafetta, pelos trechos do mar.

A Susana Thenon, Alejandra Pizarnik, Mary Oliver, José Watanabe, Juan L. Ortiz, Susana Villalba e Shakira. Por iluminar. E pela dança.

A Miguel de Cervantes e Francisco de Quevedo, pelo prazer de citá-los.

A Reynaldo Arenas e João Guimarães Rosa, por seus *O mundo alucinante* e *Grande sertão: veredas*.

À minha editora, Ana Laura Pérez, porque este livro foi escrito em diálogo com ela.

A Sandra Pareja, pela confiança, por suas leituras e pelos passeios para todos os lados.

A Paula Rodríguez, por suas leituras afiadas e jantares inesperados.

A Natalia Brizuela, por suas generosas leituras. Inclusive as que me faz descobrir.

A Carolina Cobelo, por ler este manuscrito cinquenta vezes amorosamente. E por me ajudar com a canção de Mitãkuña.

A Emilio White, porque ele me levou para conhecer a selva como ninguém mais poderia ter me levado. A Pilar Cabrera, pela tatatina do Paraná e pelas conversas.

A Gabriela Borrelli Azara, por suas leituras, poemas e risadas.

A Mariana Zinni, pela generosidade em compartilhar comigo sua erudição.

A Laura Pensa, também por compartilhar comigo sua erudição. E por seu macarrão caseiro.

A Victoria Patience, por suas devoluções meticulosas e por me encorajar a ir para a selva.

A Iliana Franco, pela revisão e correção do guarani.

A Sylvia Nogueira, pelos latins.

A Mario Castells, pelo mundo yopará.

A Eider Rodríguez, pelo olhar basco.

A Gabriela Fernández, pelos treinos. E pelo parque com os cães, sempre.

A Hayao Miyazaki, pela ternura e formosura, apesar de toda morte.

ESTA OBRA FOI COMPOSTA PELO ACQUA ESTÚDIO EM ELECTRA
E IMPRESSA EM OFSETE PELA GRÁFICA PAYM SOBRE PAPEL PÓLEN NATURAL
DA SUZANO S.A. PARA A EDITORA SCHWARCZ EM JULHO DE 2025

A marca FSC® é a garantia de que a madeira utilizada na fabricação do papel deste livro provém de florestas que foram gerenciadas de maneira ambientalmente correta, socialmente justa e economicamente viável, além de outras fontes de origem controlada.